PRÉNOMS

DU MÊME AUTEUR

Aux Éditions Grasset :

DEVANCER LA NUIT.
JOSÉE DITE NANCY, *suivi de* LA MER INTÉRIEURE.
DON JUAN DES FORÊTS.
L'ENFANT CHAT.
LA PRUNELLE DES YEUX.
STELLA CORFOU.
UN(E).
RECENSEMENT.
VULGAIRES VIES.
UNE LILLIPUTIENNE.
MOI OU AUTRES.

Aux Éditions Gallimard :

BARNY.
UNE MORT IRRÉGULIÈRE.
LÉON MORIN, PRÊTRE (prix Goncourt 1952).
CONTES À L'ENFANT NÉ COIFFÉ.
DES ACCOMMODEMENTS AVEC LE CIEL.
LE MUET.
COU COUPÉ COURT TOUJOURS.

Aux Éditions du Sagittaire :

L'ÉPOUVANTE L'ÉMERVEILLEMENT.
NOLI.
LA DÉCHARGE.

Aux Éditions Maren Sell :

GRÂCE.

BÉATRIX BECK

PRÉNOMS

nouvelles

BERNARD GRASSET
PARIS

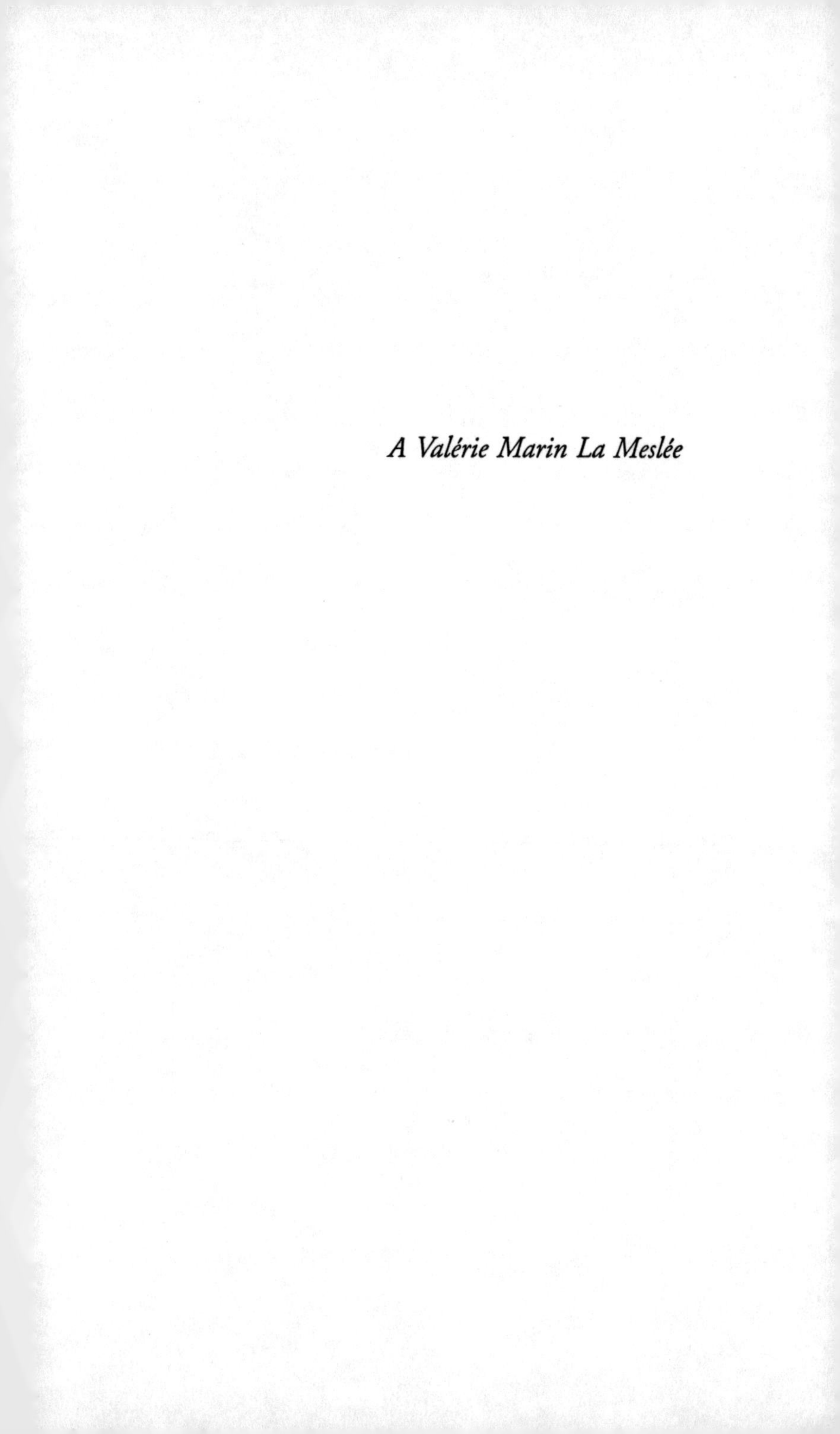

A Valérie Marin La Meslée

Pensez à chacun par son prénom.

Un prédicateur.

Zélie

Derrière la porte cochère du 5 rue Mélangue s'étend une sorte de terrain vague, entrepôt et cul-de-sac. À droite, plusieurs remises cadenassées. En contrebas, protégé par un écriteau, « PROPRIÉTÉ PRIVÉE », un tas de têtes de moineau.

Contre le mur aveugle de gauche où s'accrochent des touffes de pariétaire, une splendide fontaine — tête de lion en cuivre encastrée dans une borne de basalte. L'eau jaillit de sa gueule quand on sait le prendre par son bon côté.

Entre les deux murs réussissent à végéter brins d'herbe, plantain, pissenlit, trèfles, pâquerettes souvent écrasés par les camionnettes des marchands de chiffons, peaux de lapins, pièces métalliques, cordes et barriques venus surveiller, augmenter leur stock ou y opérer des prélèvements. Chaque fois la végétation reprend du poil de la bête.

L'endroit s'arrête pile devant une palissade qui semble ne tenir debout que grâce à son treillis de liserons. Entre les lattes disjointes, on devine un jardin aux grandes fleurs, lis en juin, iris, chrysanthèmes, dahlias en automne.

En revenant sur ses quelques pas, on est frappé par une construction derrière la porte cochère, évocatrice comme la fontaine d'une grandeur passée. Une galerie de bois ouvragé va d'un mur à l'autre. Accrochées au plancher de la galerie, deux lanternes symétriques se juchent chacune sur un escalier de quinze marches étroites. Ces deux perchoirs sont habités, et par des gens aussi dissemblables que possible, à en juger par les tags qui décorent la façade de l'un — rouges, point d'interrogation dans un cœur, cubes, cônes, cylindres enguirlandés de serpents ; noire, une inscription, « MORT À TOUS » —, par le vaporeux rideau de mousseline blanche et les fleurs en pots derrière le vitrage de l'autre. Chez Fleurette, lit pliant, poêle mobile, reproduction du *Journal intime* de Magritte : un homme tout entier recouvert de ciel bleu et nuages blancs, depuis son chapeau melon jusqu'à ses chaussures. Enclave céleste à forme humaine banale et bourgeoise. Ce bonhomme, frère de Peau d'Âne, porte un vêtement couleur du temps. Ce monsieur a fait peau neuve, son conformiste look est devenu transcendance.

Chez Tag, les murs du réduit sont couverts de graffitis pornos, si bien qu'on se croirait dans une pissotière. Matelas par terre. Réveil à côté de l'oreiller. Transistor. Pendue à un clou par un lacet, une figurine féminine.

Tag et Fleurette ont chacun, loin en bas, une boîte aux lettres indiquant leur nom : Vielleux Aurélien, Zélie Marchandeau. Zélie, alerte brin de femme entre deux âges, était déjà installée depuis tout un temps dans sa cellule quand apparut Aurélien, bel ado élancé en costume de maçon dont la blancheur et la raideur plâtreuse le faisaient ressembler à un ange en danger de pétrification. Le dimanche qui suivit son arrivée, Zélie descendit avec précaution ses quinze marches en tenant un poêlon de terre protégé par un couvercle dont le bouton central en bulbe donnait à l'ensemble un air d'église russe.

Elle gravit avec précaution les quinze marches d'Aurélien, frappa doucement à la porte basse comme la sienne, demanda de sa voix aigrelette, pourtant assez agréable :

— Je ne dérange pas ?

La porte s'ouvrit, tirée par un Adonis nu qui bondit se coucher sous sa couette rouge.

— Je me suis permis de t'apporter un peu de ragoût, comme j'en ai fait pour moi.

Un grognement étouffé lui fit comprendre qu'on n'avait pas gardé les vaches ensemble.

— Je tutoie tout le monde, tu sais, même les huiles. Mange pendant que c'est chaud.

Elle sortit de la poche de son paletot une cuiller et une fourchette enveloppées dans une serviette en papier à motifs d'étoiles et nœuds.

— J'ai un couteau, dit Aurélien sur le ton de la menace en tirant l'objet de sous son oreiller.

Il fit jaillir la lame presque à toucher la porteuse de ragoût, un instant elle crut qu'il allait la poignarder.

— Vous pouvez le poser par terre.

— Plutôt, comme ce n'est pas une soucoupe volante.

Elle jeta un coup d'œil amusé sur les murs

aux bites géantes, embrochant des culs difformes, aux partouzes d'organes :

— Eh ben dis-moi, t'es un artiste.

La réaction de cette dame d'aspect austère, avec sa jupe gris anthracite, sa veste gris souris tricotée main, ses courtes mèches poivre et sel — fit penser à Aurélien qu'elle se payait sa tête. Pas sûr pourtant.

— Rapporte-moi le poêlon, tu seras gentil. Le couvercle je l'emporte, tu serais capable de me le casser.

Sur le coup de six heures le jeune homme, vêtu de ses habits du dimanche, blouson au dos armorié, « *Miracle on 34 th street* », jean et baskets, tenant d'une main le poêlon lavé à l'eau froide du lion, torché avec des vieux papiers et garni d'un cornet de bonbons, frappa chez sa voisine un coup dominé, ni trop faible, ni trop fort.

— Il ne fallait pas ! s'écria-t-elle en voyant, à travers leur papier cristal, les berlingots dans le récipient qu'il lui tendait aussi agressivement que, chez lui, son couteau.

— Je suis pas un assisté.

— Évidemment, puisque tu es maçon.

— Apprenti.

— Entre donc un instant.

— Il était drôlement chouette, votre rata. Qu'est-ce que vous y avez mis ? (Soyons juste.)

— Un peu de tout, au petit bonheur la chance.

Soudain Aurélien vit le personnage de Magritte sur le mur. Un instant sonné, il demanda :

— Qu'est-ce que c'est ?

— Tu vois, c'est quelqu'un qui nous tourne le dos, il veut aller plus loin.

— Il a des vapes dans le corps.

— C'est un peu de ciel.

— Il est dans les nuages.

— Plutôt l'inverse.

— Il est fou ?

— Peut-être, peut-être. Si tu veux. Tiens, si tu es libre dimanche prochain, viens donc déjeuner à midi. Je ferai un bon petit frichti.

Trop gêné pour prononcer une parole, Aurélien fit de la tête un signe dont Zélie décida que c'était un acquiescement.

Elle rissola une crique à l'ancienne, suivie d'un aspic de pommes. Aurélien empoigna ses deux brocs :

— Je vais vous chercher de la flotte au lion.

De dimanche en dimanche, de carbonades en chouées, de blancs-mangers en îles flottantes, Aurélien devint plus confiant :

— J'ai chopé du sable sur le chantier pour réparer la tombe de mon père.

— Ton père...

— Le soir même de l'enterrement, ma mère couchait avec son type.

— Comment le sais-tu ?

— Vous croyez qu'elle se gênait ? Elle m'a foutu à la porte à seize ans pour rester seule avec son mec.

— Vraiment ?

— Puisque je vous le dis. On me dirait qu'elle est là, en train de mourir dans la rue, j'irais pas.

— Ah bon, alors si je la vois mourir dans la rue, inutile que je t'informe.

Aurélien ne put s'empêcher de rire mais se sentit obligé de préciser, pour corriger l'indécence de sa gaieté :

— Ma mère est une chienne.

— Alors tu es un chien, conclut Zélie sur le ton poli de l'évidence.

— Non, je suis pas un chien. Votre broche, c'est un hanneton ?

— C'est un scarabée sacré. Les scarabées sacrés se nourrissent de bouses.

Ce renseignement déconcerta l'invité. Il se demanda vaguement si la vieille demoiselle ne se prenait pas pour un être sacré et les autres pour des excréments.

Attaque, contre-attaque. Avec un regard méprisant vers le personnage de Magritte :

— Votre bonhomme, vous avez beau dire, je peux pas m'y faire.

— Pourquoi ?

— Les boyaux pleins de vent.

— Il a dépouillé le vieil homme.

— Il a piqué le fric de son père ?

Aurélien racontait aux copains ses déjeuners dominicaux :

— Et tout sur un camping-gaz.

Eux le blaguaient ;

— Ta poule te gâte.

— Gâté pourri.

— Charriez pas, elle pourrait être ma grand-mère.

— Gigot gigolo.

— T'es malade, elle est dans les religions.

— Quelles religions ?

— Je sais pas mais à son mur ya le portrait d'un saint.

— Quel saint ? Saint Glinglin ?

— T'es con, c'était un bourgeois, maintenant il se nourrit de vent, pour dire, il a du ciel dans les tripes, ça fait une espèce de miracle, presque.

— Ça doit être le père Noël.

— Déconne pas, c'est un vrai bonhomme, puisqu'on lui a tiré le portrait mais de dos à cause de l'incognito.

— Tu parles !

— Si, c'est comme à la télé, quand il y a des terroristes, on voit pas leur gueule.

Un jour où Aurélien, sur un léger échafaudage, crépissait à la truelle une bande de façade, un des autres, affairés dans la cour trois étages plus bas, parmi les pelles, les brouettes, les bassines, lança :

— Le nom de ta bonne femme, c'est quoi ?

— Mademoiselle Marchandeau Zélie.

— On connaît. Les entreprises Marchandeau. Équipements téléphoniques. Dans le monde entier. Milliardaires.

La conversation monte, descend, criée, hilare, ponctuée par des chocs métalliques et des bruits d'eau. Ç'aurait été plus réglo de réserver à l'apprenti les tâches au sol, remplir et amener à pied d'œuvre les brouettes, gâcher le mortier, couler le plâtre, coltiner les sacs de sable — et de monter, eux, aux échelles mais le jeunot aimait tellement grimper, se balancer entre ciel et terre, faire sa mariolle sur les tréteaux. Un acrobate, il brûlait les planches.

— Peut pas être riche, elle habite comme moi.

— Cinglée, a vendu toutes ses parts, distribué l'oseille.

— À qui ?

— N'importe qui, crapauducs pour les crapauds, mômes, sida, chefs-d'œuvre en péril, n'importe quoi.

— Elle vit, quand même.

— A gardé un petit smic de trois sous. On en rigolait, chez mes parents.

— Elle a sûrement gardé ses bijoux de famille, yen a pour des mille et des cents.

— Ça lui sert à quoi ? Elle met juste une broche, même pas en or.

— Poire pour la soif. Ils doivent être cachés dans ses affaires.

— Elle ferme jamais à clé.

— Justement, c'est l'astuce. Quand c'est pas bouclé, on croit qu'ya rien.

Les joyaux de sa voisine obsédaient Aurélien. Elle s'absente tous les samedis après-midi pour bichonner des lardons, faire valser les croulants. Papa, je pourrais lui construire une tombe du tonnerre, prendre un peu de bon temps. Elle croira jamais qu'elle a réchauffé un serpent. Même qu'elle croirait, elle dirait merci. Jamais elle ira aux flics. Copine au bon Dieu. Un receleur, on en trouve toujours.

Le cœur battant mais t'es un homme, Vielleux, fils de ton père, assis sur la chaise devant la table, ouvrons le seul truc de fermé, le tiroir. Cahier d'écolier.

Dans mon jeune temps je rêvais d'avoir une ribambelle d'enfants avec qui voudrait bien me les faire et puis, à dix-sept ans, j'ai appris par les mots couverts du médecin que je n'en aurais jamais. J'ai voulu mourir, je n'allais plus en classe, ne mangeais plus, ne dormais plus. Je faisais la grève de la faim mais pour obtenir quoi, et de qui ? Et puis un beau matin, vraiment beau celui-là, après un bref sommeil, j'ai compris dans une sorte d'illumination — il n'y a pas d'autre mot — que je n'existais pas. Je n'étais rien, il ne pouvait donc rien m'arriver de mauvais.

Puisque j'étais n'importe qui, n'importe qui était mon enfant. Aidée par un jeûne prolongé, bien différent de ma précédente anorexie, j'ai perçu l'adorable enfance de tout être. Ma mère si dure était une attendrissante petite fille dans l'âge ingrat, mon père avare un gamin qui tient à ses billes plus qu'à la prunelle de ses yeux.

La famille me jugea folle et je décidai de leur donner raison, d'être toujours du parti de mes adversaires. Foin de moi.

La grâce masquée chez les humains, les animaux, les plantes, en fait des images divines, parfois caricaturales. Des beaux et des belles au bois dormant qui s'éveillent quand survient le prince.

— Ça t'intéresse ? demanda sans ironie apparente une voix que dans son trouble Aurélien ne reconnut pas tout de suite.

Le visage brûlant, il répondit :

— Entore assez — retrouvant le psellisme de sa petite enfance.

La prononciation puérile excuserait sa faute.

— Tant mieux, mon garçon. Tu veux un jus d'orange ? Je vais en prendre.

Il émit sourdement un non horrifié comme si elle lui avait proposé le bouillon d'onze heures. Se précipita vers la porte avec un tel élan qu'il se cogna la tête contre le mur.

Aurélien ne revint jamais partager les repas de son amphitryonne. Ils se rencontrèrent une fois devant leurs boîtes aux lettres bourrées de pub :

— Tu me boudes, mon ami ?

— Non, non, pas du tout.

— Pourquoi ne viens-tu plus le dimanche ?

Il ne répondit pas et Zélie ajouta :

— Si tu viens, ça me fera plaisir.

Quelques semaines plus tard, Zélie reçut une visite qui l'étonna : un homme qu'elle n'avait jamais vu, endimanché de sombre, et qui escalada son escalier comme s'il le connaissait :

— Bonjour mademoiselle, excusez-moi de vous déranger, je viens pour une triste commission.

— C'est-à-dire ?

— C'est Vielleux.

— Qu'est-ce qu'il a ?

— Il est à l'hôpital.

— Pour ?

— Il est tombé d'un échafaudage.

— C'est grave ?

— Oui et non.

— Comment va-t-il ?

— Il est décédé.

Zélie ne réagit pas. Ses mains pendaient comme des masses inertes. Le messager sortit de sa poche le couteau dont Aurélien avait naguère presque menacé la porteuse de ragoût :

— Il vous laisse ça.

Le camarade du mort dévala les quinze marches encore plus vite qu'il ne les avait montées.

Zélie fit jaillir l'un après l'autre les dix outils

de son cadeau, la grande et la petite lame, le décapsuleur, l'ouvre-boîtes, le poinçon, le tournevis, la lime, la pince universelle dont Aurélien avait prétendu en riant que c'était une pince-monseigneur, l'alésoir, le cutter.

Le même jour apparut dans le passage une jolie jeune femme tenant par la main une toute petite fille enrubannée comme un bouquet. Elle semblait chercher quelqu'un, quelque chose. Zélie descendit vivement son escalier :

— Puis-je vous renseigner ?

— On m'a dit qu'il habitait ici, je voudrais voir.

Sa maîtresse.

Elle lâcha la main de l'enfant pour prendre dans son sac un mouchoir parfumé à la violette et se mit à pleurer. La petite fille se pencha pour cueillir une pâquerette qu'elle effeuilla en murmurant : « Un peu, beaucoup, à l'adoration de la folie, pas du tout. »

— Mon fils bien-aimé a voulu quitter la maison, voler de ses propres ailes.

Sa mère ! Zélie répéta lentement « Voler de ses propres ailes ».

— Montez donc un instant chez moi toutes les deux, je vous ferai prendre quelque chose.

— C'est que j'étais venue pour emmener ses petites affaires, comme souvenirs.

— C'est fermé à clé, je ne sais pas qui a la clé, mais j'ai un cadeau de lui pour vous.

Toutes les trois attablées devant un jus de fruits, Zélie sortit du tiroir où il voisinait avec son journal intime, « entore assez » intéressant, le couteau légué :

— Voilà, il est à vous.

— Il s'est acheté ça ? Bon, je l'emporte. Vous ne savez pas quand on ouvrira chez lui ?

— Non, je ne sais pas. Bientôt sans doute.

— Je me suis arrangée pour qu'il ait un joli enterrement, mon pauvre petit lapin.

Elle recommença à pleurer à gros hoquets, se repoudra, pleura encore et Zélie la prit dans ses bras. La petite fille s'était laissée glisser de sa chaise et s'extasiait devant le gant de crin sur la table de toilette : « Le nounours ! »

— Allez en route, mauvaise troupe, lui dit sa mère. Et merci pour le dérangement, madame.

Un S.D.F. fit sauter la serrure d'Aurélien. Un chien squattant une niche, pensa malgré elle sa voisine.

Une des chaussures de l'homme était presque en bon état, l'autre bâillait un peu. Une cordelette ceinturait son pardessus pas trop élimé mais dont les boutons avaient disparu, vendus à un confrère un franc pièce. Cheveux sombres un peu longs, barbe naissante.

Dans le passage, près du lion, il alluma un feu de cageots, perça une saucisse avec un fil de fer qu'il accrocha à deux bouts de bois plantés en terre. Scoutisme involontaire.

À quatre pattes il souffla sur les flammes, sortit de sa besace une bouteille de rouge entamée, une miche de gros pain. Zélie, en tablier violet semé de fleurettes bleues, s'approcha, une casserole à la main :

— Monsieur, je peux réchauffer ma tambouille à votre feu ? Ma bouteille de gaz est à sec.

— Faites, répondit l'homme sans marquer d'étonnement.

Dans ce qui aurait dû être la force de l'âge. Yeux brunâtres ni tristes ni gais. Il empestait la crasse et le vin.

— L'uniforme, dit-il en désignant de la main son costume.

Elle sourit, accroupie, en tournant sa potée :

— Vous en voulez un peu, pour accompagner votre saucisse ?

— C'est pas la saucisse dans mon falzar qui vous intéresse, des fois ?

— À mon âge ! Je pourrais être votre mère.

— Ya pas d'âge pour bien faire, vous avez de beaux restes. Prenez donc un coup de pinard, comtesse. C'est la maison qui l'offre.

Elle but au goulot, le cœur au bord des lèvres, l'air content.

— On pourrait monter chez vous ou chez moi.

— Chez vous ? La Ville peut vous déloger d'un moment à l'autre.

— La Ville je m'en tamponne le coquillard, j'ai de quoi la recevoir. (Il mit la main sur sa poche gonflée, fermée par une épingle de nourrice.) Allez, viens, ma petite poule.

— Rien à faire, mon beau canard. Je ne couche pas.

Soudain méfiant :

— Vous seriez pas de la police ?

Elle partit de son rire flûté.

— Vous êtes une allumeuse, vous savez.

— Je voudrais bien, mais autrement. Vous vous appelez comment ?

— Si on vous le demande...

— Ah bon.

Le nom d'Aurélien était resté sur sa boîte aux lettres.

Zélie finit par laisser son copain monter chez elle :

— Promis juré, vous ne me sauterez pas dessus ?

— Non je vous sauterai pas puisque vous êtes contre. J'ai jamais forcé personne. Toutes et tous ils étaient d'accord, jusqu'à mon berger allemand, il voulait bien. Je lui ai donné du glycérophosphate, il est devenu grand comme un âne et puis il est décédé. Marquis.

Le visiteur admira, « C'est mignon, chez vous, c'est coquet », tomba en arrêt devant le personnage de Magritte, « C'est pas votre mari ? » et « C'est pas un épouvantail, vu qu'il est dans son chez-soi, avec parquet. C'est une expérience ? »

Après des agapes partagées (Vous mangez

quoi ? — Des boîtes. Votre hachis, c'est de la vraie viande ?), des mises en commun de ressources (l'homme extrayait de son gousset quantité de pièces de monnaie, sa camarade allongeait un billet de vingt francs), des demi-confidences (ma femme m'a quitté, toutes des fumelles. Mon nom, il est long. Avant je bossais), des ablutions à la tête de lion et l'adoption d'un new-look presque sport (ils sont moins à casquer mais ils casquent plus), l'homme eut la surprise, en s'apprêtant à regagner son gîte, de trouver, entassés dehors, par terre, la literie, le réveil, le transistor, la torche électrique et une figurine de madone acéphale hérités d'Aurélien.

En haut des quinze marches, plus de porte. À la place, une surface blanche, infranchissable.

Zélie descendit son escalier en courant :

— La Ville est venue murer, j'ai essayé de les empêcher, rien à faire. Ils vont bientôt me murer aussi.

— Pourquoi ?

— Insalubre, trop petit, impropre à l'habitation.

— Cochons et compagnie. La ville, j'en fais une chaque matin derrière l'hosto.

— J'ai un peu rangé vos affaires, ils avaient tout lancé en vrac. Vous allez faire quoi ?

— Je vais me faire une chouette cabane accotée au mur, à côté du lion.

— Avec quoi ?

— Vous faites pas de mauvais sang, petite dame de mon cœur. Je vais chouraver ce qu'il faut, si ça se trouve on va me le donner.

Au clair de lune, le passage du 5, rue Mélangue, s'agrémentait d'un abri de branches comme en construisent parfois les enfants dans les forêts. Sol de terre battue. Le lendemain le nouveau propriétaire invita son amie à pendre la crémaillère. Ils festoyèrent, lui accroupi, elle à genoux sur le matelas de l'adolescent mort. Pigeon à la broche, mousseux à la régalade. Zélie avait apporté un condé aux fruits rouges mais on aurait dit qu'elle changeait, devenait bizarre, répétant les dernières syllabes de son interlocuteur :

— T'es fatiguée.

— Gaie.

Ou appelant la lune la plume et la cabane le cabas.

— Faut faire venir le médecin.

— Médecin assassin, protesta-t-elle avec vigueur.

Elle prit son escalier pour une dangereuse échelle de corde, le poêle pour un nain et le personnage de Magritte pour une carte céleste.

— C'est le gueuleton qui fait ça. Notre pigeon, si ça se trouve, il a bouffé la mauvaise graine. Demain il n'y paraîtra plus. Dormez bien, surtout. Faites de beaux rêves.

Le lendemain, venu aux nouvelles, l'homme vit que Zélie était toujours couchée.

— Faut faire venir le docteur.

— Docteur tueur.

Il souhaita lui faire plaisir, se souvint que naguère elle lui avait en vain demandé son nom :

— Faut que je vous dise, je m'appelle Ospedaletti Michel, Michel Ospedaletti. Pour vous ça sera toujours Michel.

Elle murmura :

— Michel, prince des âmes sauvées, viens à mon secours. Défends-nous dans le combat. La mer s'est soulevée et la terre a tremblé quand tu es descendu du ciel.

Elle déconne dans les grandes largeurs, pensa Michel consterné. Drôlement siphonnée.

— Je vais vous faire un peu de caoua.

Il approcha le bol de ses lèvres, l'aida à boire en disant : « C'est pas du jus de chaussettes. »

Michel devint le garde-malade de sa voisine, la levait, la débarbouillait, l'habillait, accomplissait toutes les tâches d'un infirmier et d'un garçon de salle.

Elle ne parvenait plus à signer quand le facteur apportait son mandat au début de chaque mois. Michel lui tenait la main, en fait signait à sa place. Rigolo, en faisant la manche je palpe plus qu'elle.

Il arrondissait de sa monnaie l'argent de sa protégée, sélectionnait pour elle le meilleur — pain de mie, primeurs, cœurs à la crème — lui offrait des fleurs, un châle bleu ciel, une boîte à musique. D'une jacinthe elle demanda : « Je la mange quand ? » Appelait la boîte à musique qu'il remontait pour elle « Tes petits animaux ».

Elle éleva jusqu'à ses yeux sa main fine et abîmée, la contempla avec étonnement :

— Qu'est-ce que c'est ?

— C'est votre main, ma petite mignonne.
— Ma main de qui ça ?
— Du bon Dieu, si vous y tenez.
— Ça sert à quoi ?
— À toutes sortes.
— C'est un cadeau ?
— Tu parles !

Elle replia ses doigts l'un après l'autre, les interpella :

— Ne me faites pas de mal, je vous donnerai une alliance.

En regagnant ses pénates, Michel eut une impression d'étrangeté. Le passage avait changé. Il manquait quelque chose. Le mur. Son gîte avait disparu avec tout ce qu'il contenait. Seul témoin de ses efforts : la terre battue.

Ne se laissa pas le temps de désespérer. J'habiterai peut-être dans les égouts mais j'aurai toujours mon chez-moi.

Une des remises n'était jamais visitée. Après un regard circulaire, gaffe au mauvais œil, Michel s'attaqua à la serrure du cadenas, rien à faire mais il finit par réussir, avec son ouvre-boîtes pourtant rudimentaire, à sortir du boîtier l'extrémité de l'arceau métallique. Il la fit pivoter, libéra un des bouts de la chaîne qui passait dans deux trous des vantaux, poussa l'un d'un coup de genou. Le paradis ! Plein de paille. Je vais être comme un coq en pâte. S'ils veulent m'expulser, je fous le feu.

— Qui es-tu ? demanda doucement Zélie.

Il décida de profiter de la situation pour se délivrer d'un secret. Sa bouche contre la petite oreille couleur d'ivoire, il murmura :

— J'ai tué.

— Tué... tu es... bon.

Ça, c'est la meilleure.

Zélie mourut en dormant, aux lèvres le sourire ambigu des nouveau-nés. Son féal ne connaissait pas le mot « nécrophilie » mais commit l'acte. Ma poupée. Il peina à la déflorer, rite funéraire plutôt que jouissif coït. Comme ça, maintenant, t'es une vraie femme. De sang, pas plus qu'une alouette.

Il remit de l'ordre dans les vêtements de la morte — robe d'hôtesse et le beau châle bleu

—, lui joignit les mains, réunit ses pieds comme ceux des gisants, s'avisa soudain que ce serait bien de transporter dans son nouveau logis meubles, literie et le pote aux nuages avant l'arrivée de la Ville. Il déposa avec précaution le frêle cadavre sur le plancher, replia le lit. Avant d'empoigner la table, il ôta le tiroir, vit le cahier, l'ouvrit. Faut que je lise ça tant qu'il fait encore jour.

Michel

Se moucher dans un mouchoir, dormir dans un lit, permis de rêver, dormir des deux yeux. Manger dans une assiette avec fourchette. Le couteau je l'ai. À cran d'arrêt. La meilleure défense c'est l'attaque, comme disait papa, affûteur.

Les sous-S.D.F. ils nous volent, on a toujours plus petit que soi, comme disait grand-mère, plumeuse, de sa collègue boyaudière.

Ces moins-que-rien, moins-que-nous, ils nous dévalisent comme dans un bois gare Saint-Achille quand on pique un roupillon bien gagné dans la salle d'attente. Attente de quoi ? Nous on peut se le demander puisqu'on prend pas des trains. Ces rats savent bien qu'on peut pas aller à la police. Moi, ma police, je me la fais moi-même, nous deux Eustache. Avant j'avais mon Médor allemand, Médor et moi on était un, les sans-pitié l'ont fait périr avec la boulette d'onze heures. En douce je l'ai balancé à la flotte, mon copain, il s'en est allé au fil de l'eau. C'est dur, la vie.

L'ordure qui m'a fauché tout mon avoir, je voulais seulement lui faire une boutonnière et puis et puis et puis. Tant pis tant pire. J'ai tué j'ai tué j'ai tué, c'est comme ça et c'est pas autrement. À la guerre comme à la guerre. Je le dis qu'à moi, autrement bouche cousue cœur cousu. Pas la peine de le crier sur les toits surtout que nous autres on a pas de toits (faut bien que je me fasse rigoler un peu) sauf gare Saint-Achille. Je bavarde en dedans, le meilleur frangin peut devenir un Judas, à preuve.

Sert à rien d'en faire un plat. L'avantage dans la cloche, c'est que les flics cherchent pas trop qui a fait quoi à qui, du moment que ça reste entre nous. Quand même j'aurais autant aimé que ça ne soit pas été. La lame a glissé toute seule, je voulais et je voulais pas. C'était pas un homme. C'était une femme mais yen a aujourd'hui qui disent qu'elles valent autant que nous. Maman je sais pas, elle est décédée en me faisant dans un cagibi qu'on avait dans un jardin qu'on louait à la ville.

Marguerite je l'avais sautée gentiment dans le terrain d'herbes du croisement Saint-Achille et puis, Bon Dieu de mes deux, je me suis vu après sans un, poches nettoyées. Un collègue m'a prêté quarante balles pour manger avec intérêt : fallait lui rendre cinquante le surlendemain où ils étaient quatre à me casser la gueule.

Le lendemain, moi : « On remet ça, Marguerite ? » Soûle comme une bourrique, elle dit pas non. Avait bu tous mes sous. La prémédite mais je voulais seulement me faire respecter, lui apprendre à vivre. Elle se l'est tenu pour dit, pauvre salope. Un malheur est vite arrivé. Aurait dû se défendre, trop bourrée. Poupée de son, poupée de sang, comme dit la chanson. Quel cinéma ! Quoique du, y en avait pas plus que quand elles ont leurs coquelicots. Dans ses frusques d'emballage. Ma dame, je veux dire ma lame aurait pas dû se planter dans son cœur de beurre, je connais pas bien la place des boyaux.

Bien mal acquis ne profite jamais, la preuve. Mon pauvre couteau je l'ai nettoyé en l'enfonçant dans la terre encore et encore, il faut prendre soin du peu qu'on a. On est jamais trop prudent.

Je l'ai laissée là où elle était, c'est ce que j'avais de mieux à faire. Lui ai pas fermé les mirettes, pas si con. Ses gros yeux vert bouteille, bouteille c'est le cas de le dire, elle biberonnait dur. Je lui ai fait un bout de récitade, Marguerite je te remets entre les mains. Pardonnez-lui ses péchés par votre croix (j'aurais mieux fait de lui faire la croix des vaches). Donnez le repos éternel à votre servante. J'ai foutu le camp sans me presser pour pas avoir l'air. Ça m'a fait quelque chose de pas la veiller mais faut pas se laisser aller.

J'ai tenu deux jours pour pas faire le mec qui retourne sur les lieux mais après à-Dieu-vat, suis allé aux nouvelles. Plus rien, nettoyé, rasibus. Ouf ! On est quand même dans un pays civilisé.

Je suis innocent, Marguerite aurait pas fait de vieux os, elle avait pas d'hygiène, c'est pas comme moi, je mastique longtemps, je me couche tôt si je trouve une place. Si on lui avait accordé un petit bout de terrain, je me serais démerdé pour lui apporter des fleurs, pas vraies ou vraies.

Elle se regardait dans le cul d'une boîte de conserve, elle croyait qu'elle était une femme. Elle se peignait avec les doigts, moi j'ai toujours mon peigne dans ma poche, c'est la prunelle de mes yeux. Peigne et couteau, c'est l'homme. Elle pissait contre le monument aux morts, moi j'ai le respect des morts comme de moi-même, un peu plus tôt, un peu plus tard.

Pauvre Marguerite, quelle charogne et maintenant encore plus, c'est la faute à pas de chance.

Le moulin à café de ma fatalité n'arrête pas de tourner tout seul pour broyer le mauvais café, mais il finira bien par se bloquer.

Gloria

La cicatrice laissée au flanc de l'église Notre-Dame-de-Toutes-Grâces à Noufles quand chuta la gargouille Perpétue disparut grâce au maître Tomasino Merchatti.

Il sculpta une gargouille beaucoup plus petite que les autres, peut-être par erreur, manque de temps, de matériau ou d'argent mais quelle réussite ! Ses aînées, Pudentienne, Herménégilde, Aldétrude s'extasièrent. Menottes griffues, petons griffus, ailerons d'angelot. Pour ainsi dire pas de cornes. Un soupçon. Doux mufle s'ouvrant sur des quenottes acérées. Courte queue terminée par un pompon. Yeux tout ronds. Ventre tout rond. Oreilles d'ourson.

— Elle est à croquer, dit Herménégilde en

se léchant les babines avec sa longue langue râpeuse.

La petiote couinait.

— Il faut lui choisir un nom aussi beau que les nôtres, dit Aldétrude.

— Aldegonde !

— Non, elle s'est retirée dans une solitude, foutu exemple pour notre jeune sœur.

— Ermelinde !

— Elle vivait dans une forêt, comme une sauvagesse.

Odrade supportait sa teigne de belle-doche.

— Ce n'est pas ce qu'elle faisait de mieux.

— Amelberge !

— Ça fait auberge et Dieu sait que Toutes-Grâces est un abri trois étoiles.

— Vous êtes folles. Il lui faut un nom d'aujourd'hui, elle est toute neuve.

En cet instant retentirent les accents du gloria et d'un commun accord l'enfant fut appelée Gloria, prénom qui a le mérite de désigner aussi un café arrosé.

— *Fais dodo*
T'auras de l'eau
Bientôt

chanta (?) Pudentienne.

— *Que l'averse te berce,*

enchaîna Herménégilde.

— *Il fait beau temps*
C'est la fête au serpent
C'est la fête à Satan

Il pleut, il mouille
C'est la fête aux gargouilles

entonna Aldétrude.

Faute de mieux, Gloria se mit à sucer son pouce semblable à une serre d'aiglon. Heureusement, l'excellent corbeau Chrodegang lui donna la becquée, quelques gouttes prises loin en bas, à la fontaine Velléda.

Il fit plusieurs allées et venues, saluées à chaque offrande d'un jappement de satisfaction.

— Tu t'appelles Gloria. Répète : Gloria, ordonna Herménégilde.

— Glouglou, glouglouta Gloria pleine de bonne volonté.

— C'est très bien, approuva Pudentienne en clignant de son œil lourd à la paupière tombante en direction de ses jumelles Herménégilde et Aldétrude.

— Dis merci à Chrodegang.

— Ci, Cro.

— Je me charge de son éducation religieuse, annonça Herménégilde. Ma puce, qui t'a faite ?
— Toto.
— Mais c'est Dieu qui a fait Tomasino.
— Connais pas.
— Je vais te révéler...
— Ne la surmène pas, intervint Pudentienne. Une tête de pierre comme nous avons, c'est encore bien plus dur qu'une tête de bois. Attends un ou deux lustres, que la bambine ait le temps de s'habituer.

La benjamine vivait heureuse, chérie par ses grandes sœurs qui s'abstenaient de leurs précédentes grossièretés pour ne pas choquer ses oreilles si enfantines. Leurs hurlantes querelles avaient fait place à de courtois échanges de vues :
— Tu crois que je crois croire mais je crois, coassait doucement Aldétrude.
— Quoi que ce soit que tu croies, hululait Pudentienne, tu croques la croix (elle prononçait croâ), ma colombe.
Glo s'intéressait peu à ce genre de propos, mais plutôt aux friandises dont la régalait

Chrodegang : graines, vermisseaux, escargots dont il avait brisé la coquille en les faisant tomber sur une pierre.

La pie Félix, qui se prétendait non voleur mais kleptomane, comblait de cadeaux celle qu'il appelait son bijou et son joyau : pièces de monnaie, une fois un louis d'or, bagues, broche, cuiller d'argent, clé de voiture.

— Il fait de notre frangine immaculée une receleuse, s'inquiéta Pudentienne.

— Ne te fais pas de mouron, la rassura Herménégilde. Tout est sain aux sains, c'est Augustin qui l'a dit.

Un jour l'Inspecteur des Monuments Historiques, malabar accompagné du Tout-Noufles qui émettait à chacun de ses propos un bourdonnement approbateur, vint examiner Notre-Dame-de-Toutes-Grâces sous toutes ses coutures. Il s'arrêta pile devant Gloria et demanda :

— Qu'est-ce que c'est que cette horreur ?

L'intéressée éclata en sanglots silencieux, gargouilles et statues étant tenues à un devoir de réserve. Elle chercha du regard Herm, Trude et Pud, plus pétrifiées que jamais.

Le Tout-Noufles se taisait, consterné, mais le courageux maire, Bellouaire Odette, osa protester :

— Monsieur l'Inspecteur, cette gargouille est l'œuvre du maître Tomasino Merchatti.

— Pas plus de maître que de beurre en broche. Il faut faire sauter cette pâtisserie.

Herménégilde envisagea une opération kamikaze : se laisser choir sur la tête du monstre pour l'anéantir. Aldétrude et Pudentienne, de toute leur âme de roc, se mirent en devoir de conjurer le sort. Elles prièrent Toutes-Grâces, tous les saints, saintes et démons.

La condamnée, serrant ses tout petits poings, répétait mentalement : Pas mourir, pas mourir, veux pas. T'en supplie, sale monsieur. Gloglo aime Gloria, veux vivre. Tu m'as pas bien regardée, regarde encore : suis à croquer, tout le monde a dit. Te donnerai tout : mon louis d'or, ma clé de voiture, ma cuiller. Garderai seulement trente centimes.

La naïve comptait sur la transmission de pensée pour faire connaître son offre au bourreau.

Le maire, en se tamponnant les yeux, expliquait :

— Le transfert de la précédente gargouille avait laissé un vide qui déparait notre chère église, aussi nous sommes-nous adressés au sculpteur Merchatti, très apprécié dans la région.

— Elle est bien plus déparée par ce guignol, votre église. Il fallait mettre un arc-boutant.

— Monsieur l'Inspecteur, cette gargouille va se patiner et se fondre dans l'ensemble. La population l'a adoptée.

Lenclume Édouard, jeune nouflien de grand avenir, amant du maire, fit un pas en avant :

— Monsieur l'Inspecteur, puis-je vous demander ce que vous comptez faire de ce spécimen ?

— Au rebut ! À la casse ! Pas de problème, répondit l'ignoble individu d'un ton jovial.

Le Tout-Noufles émit un grognement profond et encercla le vandale qui pâlit légèrement et dit d'une voix changée :

— Après tout, rien ne presse. On verra ultérieurement. Laissons courir.

Le groupe s'éloigna dans un piétinement de troupeau. Une averse de bonheur ruissela sur les faces émouvantes des quatre amies. Gloria annonça d'une voix ferme :

— Maintenant j'ai l'âge de raison.

— Tout d'un coup, mon trésor ?

— Oui, j'ai vu que la mort ne dure pas longtemps. Est-ce qu'on peut champagniser la pluie ?

Luc

Te Deum linoleum laudamus
Te Dominum balatum confitemur
Te aeternum congoleum Patrem

chantait Luc Déshaies, soliste, onze ans, d'une voix perçante et pure, de celles qu'on prête aux anges.

L'assistance select, régalée de psaumes en latin dans l'église Saint-Philippe-de-Néri, un instant déconcertée, laissa échapper quelques rires, surtout féminins.

Nicolas, le maître de chœur, bouscula Luc en essayant de le regarder avec indignation et le repoussa parmi les autres Petits Chanteurs à la Croix d'Archal.

Toute la manécanterie reprit :

Sanctus, sanctus, sanctus
Dominus Deus Sabaoth

mais la prestation de Luc se distinguait de l'ensemble par la hauteur, la limpidité, l'intensité des sons qu'émettait sa bouche sans beauté ouverte jusqu'aux oreilles. Un apogée l'attendait en un point précis de l'altitude et il lui fallait la rejoindre, quitte à se faire péter la gorge comme Roland à Roncevaux dans son livre de morceaux choisis. Il ne chantait pas pour Dieu — son père en aurait fait des gorges chaudes — mais, lui semblait-il, avec Dieu, et avec lui faisait des blagues, comme de mettre des têtards dans le bénitier et un poisson rouge dans le baptistère, juste avant un baptême, alors qu'on venait d'enlever le lourd couvercle du bassin. Luc n'osa tout de même pas s'enquérir du sort d'Alcibiade, son ide chéri. Celui-ci, prestement jeté dans la rigole par une main consacrée, précipité dans l'égout, craché dans la rivière avec un sombre flux, fut entraîné par le courant, peut-être jusqu'au fleuve et à la mer.

On ne renvoyait pas le garnement de la

Croix d'Archal à cause de son incomparable voix.

— Je devrais te faire enfermer dans un établissement psychiatrique, dit Nicolas dans l'étroite pénombre de la sacristie.

— Ça sonne bien (fortissimo :) *Te Deum lino...*

— Tu ne vas pas recommencer, non ? Tu avais préparé ton coup ?

— Non, ça m'a pris tout d'un coup.

— Tu pourrais aussi bien mettre le feu à l'église, pendant que tu y es.

— J'ai fait rigoler les têtes d'enterrement.

— Pignouf. Je devrais te féliciter, peut-être ? J'espère que ton père va te flanquer une bonne raclée.

— Mon père il est pas comme ça, il a peur que je devienne cul-bénit.

— Aucun danger, aucun danger.

Antoine Déshaies avait fini, sur les instances de sa femme et de son fils, par permettre à celui-ci d'aller « miauler chez les curetons faute de mieux mais ne t'avise pas d'en appeler un seul mon père ». Dévoré pour son enfant d'un amour furibond, il se tapait sur le coffre à coups de poings :

— Tu as un seul père et c'est moi et ça doit te suffire.

Avant chaque répétition de la manécanterie, Antoine faisait à Luc une démonstration irréligieuse à titre d'antidote. Doué d'une belle voix de baryton, il entonnait :

Janson Portua
Selnimi Versimir
Largata.

Voilà le seul latin que j'aie jamais appris, latin peau de lapin, et ça ne m'a pas empêché de réussir, au contraire.

— Qu'est-ce que ça veut dire ?

— T'es con ou quoi ? Jean a tué son cochon, il a oublié de le saler, le lard s'est gâté.

Antoine regardait avec attendrissement son rejeton, moche comme un rossignol, pensait-il, gringalet brunâtre, mais qui libérait, comme certaines de ces petites bestioles, surtout quand on leur avait crevé les yeux, ou alors en fin de saison, des harmonies à vous rendre tout ce qu'on a perdu.

Parti de rien — « mais ce rien valait gros » — Antoine se fit un devoir d'enseigner *les Canuts* à son gamin :

Pour chanter Veni Creator
Il faut porter chasuble d'or
Nous en tissons pour vous
Gens d'église
Mais nous pauvres canuts
N'avons pas de chemise

Mais notre règne arrivera
Quand votre règne finira

Luc s'émerveillait que cet anti-Veni Creator fût aussi beau que le Veni Creator, et de la même manière. Il envisagea, si cet hymne venait au programme de la manécanterie (il demanderait, insisterait), d'y introduire quelques accents du chant révolutionnaire. Ça donnerait à peu près :

Viens, Esprit Créateur
Visite les tiens
Nous n'avons pas de chemise.

Comble de la grâce divine
Les cœurs que tu créas.
Sans drap on nous enterre.

Don du Très-Haut
Éclaire-nous
Car on entend déjà
La révolte qui gronde.

Bien sûr, on serait furieux comme à chacune de ses frasques mais pas fâchés de l'être et son père jubilerait.

— Maman, on a assez d'argent pour me faire opérer, n'est-ce pas ?

— Opérer ? Pourquoi opérer ? Tu n'as rien ?

— Non, n'aie pas peur, c'est au sujet de ma voix.

— Qu'est-ce qu'elle a ? Elle est très bien.

— Tu sais bien qu'à la puberté la voix change, on ne peut plus chanter comme avant.

— On chante autrement.

— Je ne veux pas d'autrement, je veux être castré.

— Tu es fou. Si ton père t'entendait...

— Les chanteurs de la chapelle Sixtine étaient castrés. Le castrat l'autre jour à la télé, il chantait aussi bien que nous à la mané.

— Ne jamais posséder de femme.

— J'y tiens pas du tout.

— Tu ne sais pas de quoi tu parles.

— Il faut choisir, j'ai choisi.

— C'est absolument interdit.

— Pas au Maroc ni en Angleterre, je me suis renseigné.

— Tu es mineur, c'est impossible pour les mineurs. En plus, on peut en mourir.

— Si je perds ma voix je me tuerai, alors...

— C'est ignoble de se faire mutiler.

— Ça m'est égal d'être ignoble du moment que je la sauve.

— Ne me parle plus jamais de ça, si tu as un tout petit peu d'affection pour ta mère.

— D'accord je me démerderai seul. Je ne veux pas descendre.

Arielle

Arielle la bien-nommée, quoique par hasard, touchait à peine terre. L'un de ses amants d'un jour, d'un soir, lui dit : « Quand tu marches, tu danses. Quand tu danses, tu voles. » L'adolescente répondit par un de ses fugitifs sourires.

Effleurait les objets, les choses. Ses vêtements semblaient prêts à se dissiper. Cheveux en rose des vents.

Rapide, efficace en pensant à autre chose, semblait-il. Se livrait à plusieurs activités à la fois : rédigeait un essai en chantonnant et prêtant l'oreille à une causerie à la radio. Croquait une pomme en recousant l'ourlet de sa jupe déjà enfilée, sans perdre de vue, par la fenêtre, le travail du couvreur sur le toit d'en face. S'habillait à la va-vite élégante en téléphonant, si bien que parfois le fil, ce cordon ombilical, se trouvait pris entre son corps et ses vêtements. En cache-sexe de dentelle et rien de plus, repassait la tunique qu'elle allait mettre dans une minute. Au volant de l'Austin mini offerte pour ses dix-huit ans, ne perdait rien du spectacle des rues, gens, affiches, chiens, statues, bus. À chaque arrêt, lisait classiques et modernes.

Née de père et mère inconnus, disait-elle avec un rire léger. Les riches et distingués Ladigue-Mazoyer l'adoptèrent en désespoir de cause, faute d'avoir pu se perpétuer, mais Évelyne Ladigue-Mazoyer affirmait : « Je me souviens de mon accouchement. » Tricotait pour « sa fille » force pulls ravissants. Essayait de biffer de sa pensée les guillemets.

Alain Ladigue-Mazoyer se conduisait excellement envers la jeune adoptée, « mieux qu'un vrai père » répétait sa conscience, non sans un rien de malaise.

Collège Sévigné, cheval, sports, voyages. Étudiante en lettres.

Jamais de montre. Regardait l'heure aux horloges de la ville, parfois interrogeait les passants.

Aux aurores, bondissait sous la douche fraîche. Brûlant café instantané avalé debout. S'élançait.

— Qu'est-ce que tu souhaites dans la vie ? demanda son amie Élodie Bichebois.

— La vie c'est un bien grand mot, presque un gros mot. J'aime mieux l'instant, il a moins de mal à être merveilleux.

— Tu souhaites quand même faire quelque chose de ta vie ?

— Ma vie ne me regarde pas, elle saura bien se débrouiller toute seule.

Un événement quasi miraculeux se produisit chez les Ladigue-Mazoyer. Evelyne, quarante-deux ans, se trouva enceinte. L'intense joie des époux leur fit sentir à quel point les dix-huit années passées à faire « comme si » nécessitaient une remise en question. Après mûre délibération, ils convièrent Arielle dans le bureau d'Alain :

— Ma chère enfant, ce grand bonheur si imprévu, si inespéré qui nous arrive nous oblige à prendre certaines mesures dans l'intérêt de notre futur petit, produit de notre chair et de notre sang. Comme disent les Anglais, le sang est plus épais que l'eau, tu n'en disconviendras pas, j'en suis sûr.

Évelyne, assise un peu en retrait, essayait de bémoliser les propos de son mari par des demi-sourires presque d'excuse, des regards bleu pâle dirigés vers le plafond, une main délicate aplatissant les vaguelettes blond pâle de son indéfrisable, ou avancée vers Alain comme pour protéger un bibelot. Par tact, elle avait mis une tenue violine, du demi-deuil pour ainsi dire.

Arielle se balançait sur le rocking-chair qui avait toujours été son siège favori. Elle s'efforçait de prêter une attention polie à celui qu'elle avait toute sa vie appelé Pa, mais une mouche sur le téléphone, qui toilettait avec amour chacune de ses six pattes, la fascinait.

— Nous devons mettre fin, avec beaucoup de regrets, à une situation préjudiciable et à une cohabitation qui ne pourrait qu'être pénible pour toi, ma chérie, poursuivait le président Ladigue-Mazoyer.

Arielle approuva de la tête, tout en regardant avec plaisir ses ongles en amande passés au vernis incolore. Evelyne soupira.

— La loi française, tu le sais ou tu devrais le savoir, n'autorise pas les gens ayant déjà un enfant à en adopter un autre. Mais aussi, mais aussi une adoption peut être résiliée comme ce fut le cas, mutatis mutandis bien entendu, comme ce fut le cas pour la jeune Albertine Sarrazin dont tu aimes tant les livres, à tort peut-être mais je ne me reconnais aucun droit de jugement sur tes goûts littéraires ou autres. La décision s'avéra très favorable pour elle, lui donna du punch et lui fit trouver un mari.

Bien entendu nous ne t'abandonnerons jamais. Nous te verserons une petite pension jusqu'à ce que tu sois en état de gagner ta vie et nous envisageons de t'acheter un studio en banlieue.

— Merci.

— Bien sûr, dans l'intérêt de la succession, il faut que tu reprennes le nom que tu as porté dans les premières semaines de ta vie, pendant qu'à la maternité on cherchait à te guérir du traumatisme d'abandon, traumatisme que tu ne sembles guère avoir éprouvé, en fait.

— C'était quoi, mon nom ?

— C'était, c'est Laporte parce que tu as été trouvée derrière une porte cochère, hé oui. Laporte est bien préférable au très lourd Ladigue-Mazoyer. La porte du large.

Arielle imprimait à son rocking-chair des mouvements de plus en plus rapides. Cheval qui va partir au grand trot.

— Il n'y avait aucune marque dans mes langes ?

— Tes langes, ma chérie, étaient en papier, les infirmières nous l'ont dit, et tu étais enroulée dans une alèse. Comprends, plaida l'ex-père adoptif blessé de ne rencontrer aucune résistance, comprends, Arielle, un enfant trouvé, et tu as été une splendide trouvaille pour nous, un enfant trouvé est le fruit d'un double abandon.

— Peut-être mes parents m'ont-ils ab..., peut-être ont-ils agi d'un commun accord, ils devaient être aux abois. En tout cas je les remercie, c'est grâce à eux que j'ai passé chez vous toutes ces années si agréables.

Évelyne fondit en larmes et Alain sortit une bouteille de scotch.

Élodie trouva pour son amie une chambre de bonne voisine de la sienne, dans le même immeuble, dans un corps de bâtiment contigu. Chacune donnait sur un escalier de service différent. Élodie, invitée chez Arielle, descendait sept étages, puis, après un crochet sur le trottoir, remontait sept étages identiques, mais la nouvelle locataire choisit un chemin plus rapide : la corniche qui passait devant leurs fenêtres. Juste la largeur de son pied.

En quelques secondes et quelques pas, la téméraire fut chez la terrifiée qui tournait le dos pour ne pas voir.

— Tu n'as pas le vertige ?

— Non, tu as le vertige si tu as peur de l'instant qui vient et moi, tu sais, je vis dans l'instant présent.

D'instant en instant, la jeune Laporte eut une fille qu'elle mit au monde presque sans douleurs et presque en courant, comme une gazelle. La sage-femme cueillit l'enfant au vol.

— Couchez-vous, madame, couchez-vous, vous perdez du sang.

Prénoms

— Elle s'appelle Hermine Iris, dit la mère émerveillée par son laideron, et Marie pour faire plaisir à son père.

Maxime

Je suis né dans un lavoir, désaffecté, déjà à cette époque les gens avaient des lave-linge. À ciel ouvert, grand bac et petit bac, à sec maintenant sauf quand il pleut. Les côtés couverts d'ardoises dont pas mal sont tombées avec les orages ou furent enlevées par des gamins qui les utilisaient comme ardoises scolaires.

Ma mère Matilda Romani était une dame du voyage. Quand les siens la virent illégitimement enceinte, ils l'abandonnèrent. Le voyage continua sans elle. Réfugiée dans cette construction en plein champs, elle accoucha sans un cri, dit-elle, coupa le cordon ombilical avec ses dents, nous lava à l'eau de pluie, heureusement c'était au mois d'août, m'enveloppa dans un de ses multiples jupons, le plus fin, le plus doux, celui qui touchait son corps. Jamais de culotte. « Bon pour les maniéreuses, les culs froids. » Ses seins nus, double source de vie, tendaient sa chemise d'homme, volée à quel amant ?

Relevailles immédiates. La nouvelle accouchée marcha à grands pas fermes jusqu'à la mairie. « On pouvait me pister par le sang », disait-elle non sans fierté.

— Je viens déclarer mon fils. Écrivez, monsieur le secrétaire, au lieu de me regarder les yeux hors de la tête. Il s'appelle Maxime. Maxime Romani, de père inconnu.

Maman s'est effondrée sur le plancher, moi aussi puisque j'étais dans ses bras. Nous nous sommes retrouvés à l'hôpital, dans du blanc, du chaud, du propre. Maman avait tant de lait et si riche qu'elle aurait pu en nourrir deux. « Une crème, tu poussais comme un cèpe. » Tout était riche en Matilda sans le sou, la voix profonde, la chevelure ténébreuse où je m'enfouissais, l'âme. Les cadeaux affluèrent. « Tu avais le trousseau d'un prince. Dieu l'a dit : ne travaillez pas et vous serez fringués comme le roi Salomon. »

Elle qui n'avait jamais habité de maison que

roulante en bâtit une pour nous, adossée au lavoir, de ses mains aux bagues étincelantes que je prenais pour des joyaux. Elle devint guêpe maçonne, chenille arpenteuse, perce-pierre, oiseau-mammifère construisant le nid-terrier de son petit couché dans un cageot. Les uns la blaguaient, d'autres lui donnaient un coup de main, prêtaient un outil, apportaient des lattes, des clous, de la toile goudronnée. En attendant de pendre la crémaillère, nous campions dans le lavoir, la commune fermait les yeux.

Maman tirait les cartes dans les fermes, chez les gens. La bonne aventure nous faisait bonne chère. Œufs du jour pour un mariage dans l'air, beurre, fromage au nom de saint pour une situation en vue. Un probable héritage suscitait sucre et café, modestement qualifié de jus de chaussettes et peut-être vague souvenir du « mauvais café », cousin du bouillon d'onze heures et de la poudre de succession.

Touche finale, on « payait la goutte » à la devineresse qui faisait cul sec et on donnait un canard à son drôle. Ex-voto.

Il arrivait aussi, au moment des fêtes, qu'une volaille vienne presque d'elle-même se faire embrocher chez nous. Grâce aux dons prophétiques de ma mère, j'ai même eu, passé au brou de noix, un pupitre un peu branlant qu'elle eut vite fait de remettre d'aplomb au moyen d'une feuille de prières ronéotées emportée de l'église malgré l'injonction *« Veuillez laisser ces chants sur place. Merci. »* Ne pas savoir lire permettait à Matilda d'appliquer son principe : « Tout est bon à prendre. Viendra un jour où le moins-que-rien servira. »

Jésus ma joie. Louange à Dieu et paix aux hommes qu'il aime. Paix aux hommes qu'il aime. Esprit de lumière, sois béni pour ton règne qui vient.

Ces invocations, pliées et repliées, auraient l'avantage, outre l'équilibre du meuble, de me transmettre par capillarité leur pieuse ardeur. Tous mes devoirs portaient la note dix sur dix. « Vous n'allez tout de même pas vous laisser encore marcher sur la tête par Romani », répétait M. Muehl, l'instit, en proie à des sentiments complexes.

Je voulais apprendre à lire à Maman.

— Pas la peine, mon fils, je lis dans les étoiles.

— Tu y lis quoi ?

— Tu auras un grand destin, mon loup.

Les deux derniers mots ont dû s'étonner d'être prononcés avec violence, comme par une meneuse de loups lançant à l'attaque le préféré de sa meute.

Je me suis efforcé de ne pas trop la démentir, ses prophéties foiraient assez souvent comme ça. Heureusement elle s'en tirait avec maestria. La mariée *in spe* se tuait en moto : « Elle est l'épouse du Dieu vivant. » Des « futurs réconciliés » en venaient aux mains : « C'est pour mieux faire rentrer l'amitié. » Le postulant à l'emploi de postier se retrouvait le bec dans l'eau : « C'est un métier préférable qui vous attend. Quand Dieu ferme une porte, il en ouvre toujours une autre, meilleure que la première. » Il devint fossoyeur, situation honorable mais dépourvue de régularité.

Maman tutoyait les autres femmes, les appelait « ma chérie » ou « ma belle », elle qui était la beauté absolue. Germaine Plantier, remède contre l'amour, lui dit une fois :

— Vous vous payez ma tête, je suis laide comme un pou.

— Les créatures de Dieu sont toutes plus belles les unes que les autres. Crève qui le voit pas.

Les hommes, elle leur disait vous et « Jeune homme » ou « Monsieur Untel » même s'ils la connaissaient bibliquement. Elle faisait d'ailleurs penser à un personnage biblique, Judith parée pour le crime sacré (un chou au creux de son bras semblait la tête d'Holopherne). Quand, de sa démarche dansante, elle apportait le fricot, c'était Salomé offrant à Hérode la tête de Iokanahan. On cueillait des pissenlits : Ruth la Moabite glanait les glanes du Seigneur.

Si le feu prenait mal dans le poêle à trois pattes où elle faisait bouillir notre espèce de linge, une menace lui montait aux lèvres : « Je tuerai », sans préciser qui. Interpellait la neige, la pluie, la grêle : « N'emportera pas en paradis. » Le vent : « Enlève pas le toit, mon frère, je te donnerai des graines à semer, des feuilles à balader. »

On était heureux mais de temps en temps je demandais :

— Qui est mon père ?

— C'est Dieu, mon petit gars. Maintenant, si ça ne te suffit pas...

Ou :

— C'est l'esprit qui souffle où il veut.

Ou bien :

— Va savoir.

Maman n'allait à l'église qu'entre les offices :

— Je suis mon prêtre, je suis mon pape. Je veux Dieu tout nu, tout cru.

On lui avait dit à l'hôpital, après l'accouchement :

— Vous avez le cœur trop gros et il bat trop vite et trop fort.

Réponse :

— Qu'il fasse le zouave si ça lui chante.

Et :

— Je suis mon médecin, le docteur Pionce et le docteur Nib.

Elle se régalait le matin de quelques brins d'herbe, comme un chat. Un jour elle s'est étendue dans l'herbe, la face vers le ciel. Murmura « Départ ».

Le village se cotisa pour lui faire un bel enterrement, avec les fleurs qu'elle préférait, rouge sang. Tout le monde essayait de me consoler, m'invitait à déjeuner. Je pleurais dans le confit d'oie, sans en perdre une bouchée. M. Muehl, l'instit, me dit pour la première fois :

— Tu es un élève hors pair, Maxime.

Prénoms

La Ddass m'ouvrit ses bras un peu durs.

Grâce à ma mère bien-aimée qui n'a cessé de me dire « Tu iras loin, tu iras fort, mon gaillard », je suis devenu maître de recherches au C.N.R.S., en anthropologie, façon de rechercher mon père.

Le professeur Romani a pu racheter le lavoir natal, à demi écroulé, avec notre maison, la cahute construite par Maman, où gîtent une portée de chatons et leur mère, chasseresse à l'opulente fourrure nocturne.

Lucette

Personne ne viendra cracher sur ma tombe. Les gens sont de fieffés romanciers : vous qui êtes étrangère, vous n'avez pas pu faire d'études, vous n'avez jamais pensé à vous marier ? Tout de suite divorcée. Votre mari a été fusillé, vous avez toujours eu une petite vie bien tranquille. Il doit faire froid dans votre pays. Vous parlez bien le français quand même mais vous avez gardé l'accent de chez vous. Je pourrais vous rewriter, faire votre correspondance, je suis française, je connais les usages, les formules de politesse.

Attention, cette toux-là, ça sent le sapin. Vous devez vous ennuyer, écrire c'est triste, l'école est finie, bonsoir. Vous ne pouvez pas comprendre, vous ne savez pas ce que c'est. Je vais vous donner un bon truc contre le chômage : le suicide.

Une seule fois, dans un cocktail, une femme que je ne connaissais pas émit une opinion favorable : « Vous êtes quelqu'un d'exquis comme mon père. Pour lui comme pour vous, l'argent n'existe pas. »

Donc tombe, des clous. Une bonne crémation et au vent mes cendres. Gardons les fleurs pour les vivants, sans compter (je viens d'écrire « sans coûter » : mon rêve) que l'incinération, c'est le moins cher. Une brique tout de même, je suis au courant, mes deux meilleurs amis ont choisi ça. Les jeunes disent un bâton, expression pénible surtout quand il n'est question d'aucune carotte.

Des disques accompagnent l'opération. J'opte pour le chant grégorien et les chœurs de l'armée rouge.

Dernier cri, les cercueils en carton, ce qui épargne les arbres. Même, puisqu'on recycle le papier, on pourrait bien recycler les bières. À vrai dire j'ai fait don de mon corps à la médecine (la formule paraît obscène, évoque gérontophilie et nécrophilie), solution archi-économique, rien que le transport à payer. On m'a remis un laissez-passer vert pâle avec l'écorché de Bar-le-Duc tendant vers le ciel son cœur, je suis ravie.

Extrême avarice posthume pour que mon neveu Dieudonné n'ait pas trop à débourser. On m'a bien proposé à titre gracieux une place dans le caveau de famille mais berk. La vieille voisine a beau dire « Tout ce qui est gratuit est bon à prendre », non, pas d'embourgeoisement funéraire.

Le précepte de Mme Bedoul me rappelle les deux mots magiques, pendant la guerre de 40 : « sans ticket ». Une femme attendait dehors chaque nuit, assise sur le bord du trottoir, parfois par 30° au-dessous de zéro, afin d'être la première à faire la queue. Laquelle ? Où ? Pour obtenir quoi ? Elle avait dépassé ce genre de questions.

Vais-je mourir demain, aujourd'hui, ce soir, tout à l'heure, dans une minute, un instant ? Le temps de cuire un œuf, coque, dur ou mollet ? Vais-je clamcer en dormant ? En rêvant, comme l'oncle de l'attrape-nigaud, qui rêve qu'il trépasse et expire sans s'être éveillé ?

Suis assez contente de la relative richesse de mon vocabulaire. Julien Gracq, dans son remarquable livre, *En lisant, en écrivant :* « Si vous voulez dire qu'il pleut, écrivez " il pleut ", même s'il s'agit d'une seconde averse », mais la seconde averse ne sera jamais identique à la première. « Il ne faut pas confondre autour et alentour » est un des plus beaux proverbes de la langue française. Il y a mort et mort. Personnellement j'aimerais mieux m'éteindre, ce qui implique plaisamment qu'on fut au moins un lumignon, ou rendre le dernier soupir, idée d'honnêteté, relative il est vrai, plutôt que crever ou claquer. En lisant *Notre-Dame des Fleurs,* page combien ? Anecdote racontée par Freud : le condamné à mort qui, avant d'aller au supplice, marque la page du livre qu'il lisait. Était-ce un réflexe ou espérait-il une grâce de dernier instant ou un miracle ? Voulait-il laisser une trace, si minime fût-elle, de son passage sur terre, comme l'un de mes deux amis sidéens planta dans mon jardin chèvrefeuille, hortensia, houx femelle et sapin ? Aujourd'hui le sapin est déjà grand.

Cesserai-je en riant, en tombant ? Douloureusement, doucement ? Un couteau, un crayon, un franc à la main, la bouche pleine, à moitié fringuée ? Il existe des vêtements spéciaux pour macchabées, gaspillage grotesque. Je me verrais bien dans ma jolie robe orange. Souliers ? Inutile. Pieds nus comme les va-nu-pieds, les nageurs, les étudiants de Californie et les fidèles des mosquées.

Chaque matin ma toilette funèbre.
Je chante pouilles à ma dépouille
Bouille de crouille
Cagouille qui souille
Andouille qui se fouille
Gargouille qui bafouille
Trouille qui mouille
Ouille !

Toujours aimé rimailler. Mignonne, va.

Permis d'inhumer ? Impropre quand il n'y a pas enterrement. Ne nous laissons pas attarder par ces minuties administratives, quoique la chose ait sa petite importance. S'il y a ensevelissement, il peut y avoir exhumation, comme par exemple pour les présumées victimes de Marie Besnard tandis que pour bibi, tintin. Permis de conduire, de chasse, de pêche, de séjour, de transport, de circuler, de construire, de démolir. Notre société, jalonnée d'autorisations, est presque trop libérale. Allez, assez rêvassé.

Sur mon mouchoir, traces de larmes ou de bave ? J'avais les mains de mon père, ceux qui l'ont connu le disaient. Maintenant j'ai des pognes d'étrangleur à l'alliance cabossée, ce qui n'empêche pas mon chat Nioki de les lécher avec un amour absolu, comme sa mère le lécha pendant sa brève enfance. Après mon départ peut-être deviendra-t-il un haret.

Aux petits des oiseaux Il donne la pâture
Et sa bonté s'étend sur toute la Nature.

Aux petits des chats Il donne les oiseaux
Et sa bonté s'étend sur tous les animaux.

Affreuse veuve. Rien d'étonnant qu'en sténo veuve et fauve s'écrivent pareil. Dans les mélos d'autrefois la guillotine était appelée la veuve et ses prétendants arboraient un tatouage autour du cou, trait discontinu accompagné du mode d'emploi, « à découper suivant le pointillé ». Évidemment il y a aussi la Veuve Joyeuse (sale bête) et la veuve poignet, suffit. Suis d'humeur mirlitonne :

Les veuves naviguent sur les laves
Rêvent de sous, de sources, de soucis en fleurs
Traversent les averses
Cueillent les orties. Cherchent des amies
Abreuvent de café noir l'araignée du soir
Gravitent autour d'un astre éteint
Se veulent gravides, trouvent le vide.

C'est compulsionnel.

Vu à la T.V. le magazine *Quoi de neuf dans l'au-delà ?* Il s'agit plutôt de l'en-deçà. En Flandre, les proches bouffent, picolent, rigolent pendant la combustion, dans le crématorium-cafétéria.

En Angleterre il existe des cimetières de pots. Bien sûr, moins de place occupée que si le de cujus était enseveli in toto, mais plus que si ses restes étaient jetés ou lancés à la mer ou dans l'air, geste interdit sur la voie publique — on comprend, les passants risqueraient d'être déconcertés, certains seraient peut-être allergiques aux résidus pulvérulents.

Le premier jour de carême, le prêtre trace une croix sur le front des fidèles avec les cendres. Cendres de quoi ? Aucune crainte à avoir, elles proviennent de rameaux bénits l'année précédente et on les (re)bénit.

J'ai l'air bêcheur en la ramenant toujours sur ma famille irlandaise alignée debout dans le roc, avec l'aïeule dont les bagues étaient tombées sur les pieds. Que sont-elles devenues, ces bagues ?

Tiens, dans la *Revue des Administrations financières,* ces vers d'Audiberti qui me ravissent et me revissent :

Ces maisons, cet arbre
Ce zinc : Bagnolet.
C'est pas beau, ça parle,
Ça dit « Je suis laid.
Je suis laid, tant pire,
On est comme on est,
Autre part l'Empire,
Ici : Bagnolet ».

Allons, d'une main tremblante, non, tremblotante, maquillons notre sale gueule, comme une voiture volée. Pêche, pétale, harmonie cool ? Par là-dessus une touche d'immanence miel ou de naturel 04.

Ombrons notre regard en dessous au pH

actuel. Passe sur tes lèvres amères le tison laboratoire Stein.

Mes cheveux et mes ongles me font penser à ceux des macchabées qui continuent à pousser, signe qu'il n'y a guère d'unité en nous. Personne n'est quelqu'un, plutôt quelques-uns, une mini-bande à Bonnot.

Quelle absurdité d'associer la satisfaction de se regarder dans la glace à une conscience tranquille. Le jeune assassin Weidmann savait bien que c'était sa beauté qui séduisait ses victimes. Disposa-t-il d'un miroir dans sa cellule de condamné à mort ?

Quelque temps avant d'être guillotiné, après que ses parents eurent acheté un terrain pour sa sépulture, il retrouva, dit-il, Dieu.

Quant à moi, non, ma conscience tranquille comme Baptiste n'améliore pas mon aspect. On m'objectera que Baptiste est un type comique de niais, qui d'ailleurs n'a jamais existé. Autrement dit, aucune conscience ne peut être tranquille, à moins de devenir inconscience. Mais je ne suis pas foncièrement mauvaise.

Impossible d'allumer le feu avec ce papier glacé de la pub. Épinards mélodie, pâté Richelieu canard, bourgogne croupelevée.

La beauté naît des contrastes : château-des-cabanes, domaine-des-communes, la-serve-des-vignes, château-des-buissons.

Vin vieux-papes, beurre saint-père, coco abbaye. Aiguillette de baronne, poulet Platon.

Quick snap avec flash blister, mystères par six. Rond d'onno. Le visage s'éclaire quand on presse sur le ventre. Sac forme borne. Château-de-lunes. *Primula obconica.*

« Mule homme » évoque les chimères.

Fuseau roche-des-vents, baby dinde. Noé, fortifiant pour lapins. Serfouette panne et langue. Trémie livrée sans chapeau. Fromage à caractère, cidre raison, vin des abymes, gouffres dont la profondeur est insondable et commune de la Guadeloupe. Cônes : toujours un grand plaisir. Ourson éducatif : je répète tout ce que tu me dis.

On s'est beaucoup disputés, nous les gens. Trahis et tout, ce n'est pas si grave, au fond.

À quel arbre Judas s'est-il pendu ? Était-ce

un arbre ? Rien d'étonnant aux trente deniers, puisque la troupe avait eu la cruauté de lui confier la bourse. Une mandragore, engendrée par ton vit, a-t-elle poussé au pied de ton gibet ? Pour ne pas mourir, a-t-on fait déterrer par un chien cette plante à forme humaine plus vénéneuse que la belladone ? Baignée, vêtue d'une liquette de lin, fut-elle un philtre d'amour ? Déjà le livre de la Genèse raconte que Ruben apporta des mandragores à Lia, sa mère. Jalouse, Rachel, sœur de Lia, réclama ces talismans. Lia les troqua contre une nuit avec son beau-frère Jacob, d'où naquit Issachar.

Judas de tous les temps, quelqu'un a-t-il coupé un bout de ta corde comme porte-bonheur ? Et le bois de la croix, des trois croix, c'était du quoi ? Question triviale mais quand même. Mon désespéré, tu as aimé plus que tu ne croyais. Jusqu'à la mort. Un baiser de Judas, c'est tout de même, physiquement, avec les lèvres, avec la bouche, un vrai baiser (léger, appuyé ?). D'ailleurs, quand le traître utilise ce signe promis à un grand avenir, Jésus l'appelle « ami ». Peu de temps avant, il a partagé avec l'Iscariote, comme avec les autres disciples, tout en le désignant comme futur coupable, ce pain et ce vin, objets d'une mystérieuse transsubstantiation ou simples mémentos.

*

* *

Dimanche douillet. Téléphone débranché, feu de joie dans la cheminée au contre-cœur marqué d'une inscription que l'usure rend cabalistique. Ce n'est tout de même pas *mané thecel pharès,* je suis bien tranquille. D'ailleurs, ce qui a surtout épouvanté Balthazar, cette lope, au point que ses reins se relâchèrent et que ses genoux s'entrechoquèrent, ç'a n'a pas dû être les trois mots puisqu'il ne les comprenait pas (ç'aurait pu être un message favorable) mais ce bout de main sans corps qui écrivait sur le mur. Ces doigts étaient-ils beaux ? Rapides ? Traçaient-ils de beaux caractères ?

Vive de mer au four, messe des sourds à la T.V. Quel bonheur, plus d'examen à passer, plus de vie à gagner, plus de travail à chercher, plus d'amours à tenter. Petits oiseaux et fleurettes. À propos, un moineau couvait dans le pommier des épiciers. Il se mit à neiger. Le père ou la mère *in spe,* la tête et les ailes couvertes de neige, resta immobile sur le nid. Plutôt mourir que de renoncer à sa progéniture, à sa pérennité.

Dans des bottillons fourrés, mes pieds nullement fourchus, quoique d'aucuns prétendent, d'ailleurs un podologue me suit, aurait-il violé le secret professionnel ? C'est entendu, on endure vaillamment les épreuves d'autrui et puisque « je » est un autre, il suffit d'assimiler la formule rimbaldienne pour supporter avec sérénité ses propres misères, entre autres l'humiliation de n'être pas mort jeune.

*

* *

J'ai des marionnettes héritées de Grand-Père, il ne reste plus qu'un ours et un ange mais c'est suffisant. Mon âme s'enfuit par les doigts et anime ces êtres troublants. Pouce dans le bras gauche des « petites figurines de la Vierge Marie », les trois doigts du milieu dans leur tête, l'auriculaire dans leur bras droit. Elles prennent corps grâce à mes poignets. Leur vide attend la possession, la passion comme un cœur inhabité appelle Dieu. La belle et la bête, mon âme et moi.

C'est pour Lucette que je m'exerce à devenir marionnettiste, ma petite-nièce au prénom minable qu'elle réussit à éclairer, lumière ténue, luciole. Cette enfant d'apparence fragile, presque diaphane, d'une résistance d'acier, est ce que j'aime le plus au monde. Peut-être pour cela qu'il m'est difficile d'en parler, comme si je risquais de lui faire du mal. Au jeu des portraits japonais, si c'était une fleur, elle serai un perce-neige. Un animal, un colibri. Un fruit, une airelle.

Fille de Dieudonné et de mère inconnue. Mon neveu a fait une « reconnaissance au ventre », gracieuse expression qui rappelle « le ventre n'anoblit ni n'abâtardit » de l'Ancien Régime.

— Puisque tu as eu seul voix au chapitre, pourquoi avoir infligé à ton enfant un diminutif ?

— Pour trancher sur la prétention ambiante, surtout celle de mon nom à moi.

Il est certain que mon beau-frère Éloi était givré. Si son mari avait voulu appeler leur fils

Alcibiade ou Barthélemy, ma sœur Apolline aurait dit oui. C'est Apolline qui élève Lucette, ou plutôt l'inverse. Quand Apolline hurle, habitude prise depuis la mort d'Éloi qui vociférait contre le temps qu'on perd, l'argent qu'on jette par la fenêtre et la gardienne qui s'envoie en l'air, quand ma sœur gueule, jamais contre sa petite-fille qu'elle chérit, soyons juste, mais contre le robinet qui fuit, l'aiguille qui se fait la malle ou les gens dont chacun est le premier à raccourcir, Lulu murmure « chut » et la maritorne, je veux dire la matrone, se tait, confuse.

Pendant une des trop courtes périodes où cette enfant enchante ce qui me reste de vie et où Nioki, fou de plaisir, multiplie les roulés-boulés pour épater la visiteuse et réussit à se frotter contre ses jambes pourtant toujours en mouvement, elle court de-ci de-là, grimpe jusqu'au sommet du portail, saute par-dessus l'arrosoir, cueille une graminée à titre de sceptre, s'agenouille devant un escargot, même les limaces, ces bêtes si répugnantes, elle leur parle tendrement : « T'es une personne, tu sais, t'es une dame. » Je me suis permis d'intervenir : « Et moi alors, qu'est-ce que je suis ? — T'es aussi une personne. Tout le monde il est une personne. » J'ai eu la faiblesse de demander :

— Tu m'aimes ?

La farfadette a souri, s'est approchée sur la pointe des pieds, a déposé un léger baiser sur ma tempe mais n'a pas répondu.

— Ça te plaît de t'appeler Lucette ?

Elle a imperceptiblement haussé les épaules, toujours avec son sourire séraphique, malicieux, si insouciant.

— Si tu ne t'appelais pas Lucette, tu voudrais t'appeler comment ?

— N'importe comment.

*

* *

Rêvé que nous (?) parlions de l'état lamentable de notre planète, abîmée de toutes parts et qui n'allait pas tarder à s'anéantir. La perspective n'avait rien de tragique, ne nous concernait pas.

D'une branche d'arbre à portée de ma main, j'enlevais un long morceau d'écorce. J'aimais cette écorce. Je voyais sur la branche la trace claire de la mutilation.

La planète « à l'article » doit être moi. Parano du rêve. Acceptation de la mort mais attraper une branche semble exprimer un désir de vivre.

*

* *

Il faut préparer un sketch de marionnettes pour Lucette. Le combat de Jacob avec l'ange s'impose. Lucette a sept ans, c'est l'âge de commencer à découvrir les grands mythes.

Au gué du Jaboc, affluent du Jourdain appelé aujourd'hui Zarka, un homme se battit avec Jacob (lutte gréco-romaine, lutte libre ?).

L'agresseur (?), voyant qu'il ne pouvait avoir le dessus, fit une clé à Jacob, le toucha à l'articulation de la hanche qui se démit. Pas vainqueur pour autant, il en est réduit à quémander :

— Laisse-moi aller car l'aurore se lève.

Pourquoi le combat doit-il cesser à la fin de la nuit, comme si l'homme était un vampire ?

Jacob, apparemment sans souffrir de sa hanche démise et connaissant la vraie nature du quidam qui avait voulu en découdre, répond :

— Je ne te laisserai pas aller avant que tu ne m'aies béni.

L'adversaire aimé, retenu par le bras de Jacob, ne consent ni ne refuse mais demande, quoique sachant bien la réponse :

— Comment t'appelles-tu ?

— Jacob.

— Ton nom sera désormais Israël car tu as combattu Dieu et tu l'as emporté.

— Comment t'appelles-tu ?

— Pourquoi le demandes-tu ?

En effet, Dieu vient de lui dire qu'il est Dieu, mais peut-être Jacob n'en a-t-il pas cru ses oreilles. *Bis repetita placent.*

Et « l'Inconnu » bénit son vainqueur.

Le petit prophète Osée n'éclaire pas le mystère :

« Jacob, dans sa vigueur, lutta avec Dieu. » (On ne sait pas qui prit l'initiative du combat. Peut-être les deux se sont-ils jetés l'un sur l'autre d'un même mouvement. Dans les bras l'un de l'autre ?) « Il lutta avec l'ange » (souvent le Créateur et ses messagers sont considérés dans le Livre des Livres comme un seul être), « eut le dessus, pleura et lui demanda grâce ».

Le vainqueur humain verse des larmes et implore le vaincu divin. Theodor Reik, disciple de Freud, constate que souvent les récits bibliques, pour devenir compréhensibles, doivent être retournés. Ce serait alors Dieu le vainqueur, ce qui expliquerait les larmes de Jacob, mais peut-être expriment-elles la joie ou l'émotion.

La boiterie sacrée de Jacob, rendant tabou le grand nerf à l'articulation de la hanche, prouve la réalité du corps à corps et empêche les sceptiques de croire à un dédoublement de la personnalité.

Dans le castelet aux dorures écaillées, catch terminé par une extension des patoches de l'ange sur la tête inclinée de Jacob devenu Israël, sous les yeux bleu-vert de ma petite-nièce :

— Ça t'a plu, Lucette ?

— Oui. Qui tu aimes mieux, l'ours ou l'ange ?

— Autant l'un que l'autre.

— Pourquoi ils se battent ?

— Tu sais, ma chérie, dans des groupes en

Afrique, les garçons sont battus et maltraités pour devenir des grandes personnes et on leur change leur nom.

— Comme Jacob qui s'est appelé Israël ?

— Tout à fait.

— C'est Dieu qui veut que Jacob devienne une grande personne ou c'est Jacob qui veut que Dieu devienne une grande personne ?

— C'est Dieu qui veut que Jacob devienne une grande personne puisque c'est lui qui a démanché la hanche de Jacob et changé son nom et l'a béni.

— Moi, si Dieu voulait lutter avec moi, je lui chanterais une chanson pour le faire changer d'avis.

— Quelle chanson ?

— *Il était un grand mur blanc — nu, nu, nu*
Contre le mur une échelle — haute, haute, haute,
Et par terre un hareng saur — sec, sec, sec.

— Tu n'as pas tort. L'auteur dit qu'il veut amuser les enfants petits, petits, petits et certains pensent que Dieu est un enfant.

Je compte produire l'ânesse de Balaam, cette bête transcendante. Comment ? Quand on veut on peut, paraît-il.

Non, Lucette, dans son amour maternel qui s'étend à tout l'univers, m'informe, de sa petite voix si douce, que les marionnettes sont ses enfants. Les a bourrés de chiffons coupés menu avec une application d'insecte, cousus par en bas — aucune main ne pourra plus les pénétrer. Devenus, faute des os et des muscles qu'ils s'appropriaient, des culs-de-jatte. Qu'importe, l'enfant serre ces infirmes sur son cœur.

— Ils ont faim.

— Donne-leur à manger.

Elle s'inquiète presque, comme une actrice qui croirait à son rôle et je bêtifie.

— Il faudrait une dînette.

— Je n'en ai pas, tu sais bien.

— On va prendre tes affaires, ça serait à eux.

Lulu s'élance de chaise en table, dans les airs dirait-on. Ses mains petites pour son âge et d'une blancheur presque un peu maladive voltigent de tiroirs en rayons. Dans la journée, trop actives et rapides pour qu'on les voie vraiment mais quand la petite fille dort, semblent deux bestioles échouées sur la plage du drap.

Étonnant que dès l'éveil elles deviennent pur mouvement.

La mère des deux créatures-troncs rit de joie : les cuillers à café sont des cuillers à soupe, la cuiller à sel une cuiller à café, la cuiller à olives une écumoire, les soucoupes des assiettes, les verres à liqueur des verres. Une serviette, la nappe. Deux mouchoirs, deux serviettes. Détail pénible, deux de mes bagues, deux ronds de serviettes.

L'ours et l'ange se régalent de grains de poivre, de grains de riz crus et de pâquerettes qui sont des œufs au plat.

Les ours sont omnivores mais l'ange est frère de Raphaël, ce beau garçon qui usa d'un faux nom, guida le jeune Tobie, fit semblant de manger et boire et dit au moment de disparaître : « Je me nourris d'un aliment et d'une boisson invisibles. »

*

*   *

Dieudonné, au volant de sa Ferrari, vient chercher Lucette. Il a tellement l'air d'un voyou qu'on a l'impression d'un enlèvement pour obtenir une rançon. Sa fille, rayonnante de joie et d'amour, s'accroche à lui, enfonçant la tête dans l'ouverture de son blouson de cuir, et semble atteinte du syndrome de Stockholm.

— Sois prudent.

— Non, on va rouler à tombeau ouvert, hein, Lustucru ?

Elle défaille de plaisir.

Je vais vivre dans l'attente des vacances, le cœur en hibernation. L'ours et l'ange attendent, eux aussi, dans un lit de parade qui fut boîte à chaussures et doit leur faire regretter le castelet où ils prenaient vie. Voilà ce que c'est de perdre le vide essentiel, on n'est plus que soi-même, pauvres loques bourrées de riens.

Moignons (je viens d'écrire « mignons »), Lu voudra sûrement vous rendre à votre destin, on jouera Faust. Faisant de nécessité économie de moyens, il n'y aura que Faust et le démon. Ce sera très beau : l'homme donnera son âme à Méphisto sans contrepartie. Pour la première fois de son immortalité, ce dernier sera touché et, faisant assaut de générosité avec le donateur, refusera courtoisement le cadeau, d'ailleurs le trouvant trop lourd, trop fragile, encombrant et d'une odeur d'ylang-ylang entêtante. Ça serait bien de le présenter sous forme d'un coquillage où l'on « entend la mer », nacré, translucide, fermé sur son mystère, entrouvert au monde. Je n'ai rien de tel. Un œuf, riche de promesses, sera parfait.

Faust et le Malin trouveront tous deux le salut, celui-là faisant de celui-ci son associé dans une entreprise de déménagement :

BOUGER SANS SOUCIS AVEC FAUST FRÈRES
ROUTE — FER — AIR — MER
FAITES CONFIANCE À DES GENTLEMEN
GRUES
PASSAGES PAR FENÊTRES
LOCATION D'HOMMES AU TEMPS PASSÉ
MONTAGE DÉMONTAGE
NE PAYEZ PAS LE RETOUR À VIDE.

Mon ange est si usé qu'il peut jouer aussi bien les bons que les mauvais.

Trois jours plus tard, tiens, une lettre d'Apolline. Sur l'enveloppe sa belle écriture mais atteinte de gigantisme :

Vieille folle, tu as essayé de pervertir ma Lucette en lui racontant des cochonneries. Tu veux en faire une débile comme toi, elle se regarde dans la glace en disant Combat de Jacob et de l'Ange pauvre petit chou sale sorcière. Tu ne la verras plus JAMAIS. Quand elle sera majeure elle fera ce qu'elle voudra mais à ce moment-là tu seras dans le trou depuis longtemps. Elle se fiche pas mal de toi, quand je lui ai annoncé qu'elle ne retournerait plus chez toi parce que tu es un danger public elle a seulement dit ah. Ne t'avise pas d'emmieller Dieudonné il se moque du tiers et du quart de toute façon c'est moi qui entretiens sa fille c'est donc moi qui décide, heureusement.

A

Voilà, c'est ainsi. Je relis et relis cette langue étrangère, chaque fois le message empire. Restons bien immobile, calme, les mains à plat sur les genoux, les lèvres fermées sans grimacer après cette gorgée amère, les pieds fermement plantés sur les cases du dallage, noir, blanc, noir, blanc, noir... Échiquier d'une partie perdue. Les yeux grands ouverts, le regard à dix pas comme les soldats pendant une revue ou les maîtres d'hôtel bien stylés. C'est le moment de s'essayer au détachement des créatures, où Molière ne voulut voir qu'un manque d'amour alors qu'il s'agit du contraire.

Autrefois un prof de graphologie nous avait appris à considérer chaque lettre comme un petit personnage. Ceux d'Apolline sont beaux, bien proportionnés, vigoureux.

Nioki vient se frotter contre ma jambe. Ma prostration lui arrache un gémissement. Caresses. Il continue à geindre. Allons, debout. Dans sa gamelle, supplément de Matouroi au lapin et petits légumes. Par la même occasion j'enfourne une prune. Il faut ce qu'il faut. Ne pas se laisser aller. Aller où, d'ailleurs ? Je marche en zigzaguant comme un homme ivre.

Peut-être le castelet et les deux marionnettes feraient-ils plaisir aux enfants des voisins, avec qui ma dilecta jouait souvent ?

Un de mes frères et moi sommes allés à S. où nous pensions passer la nuit à la belle étoile, sur la place, mais le nommé L. nous offrit l'hospitalité avec une telle insistance que nous avons fini par accepter.

On festoya. Nous n'étions pas encore couchés que tous les habitants de la ville, depuis les enfants jusqu'aux vieillards, entourèrent la maison et demandèrent à notre hôte :

— Où sont les deux beaux garçons entrés chez toi cette nuit ? Amène-les, qu'on se les fasse.

L. sortit, ferma la porte derrière lui pour nous protéger et dit aux assaillants :

— Non mes amis, je vous en prie, ne faites pas ça. J'ai deux filles vierges, je vous les amène et vous leur ferez ce que vous voudrez mais respectez mes visiteurs.

L'amour paternel n'étouffait pas le brave homme, à moins qu'il n'ait déjà à ce moment-là désiré ses filles et cherché un dérivatif.

— Ôte-toi de là.

Ils repoussèrent violemment notre hôte et voulurent briser la porte mais nous avons tiré L. vers nous, dans la maison, et nous nous sommes enfermés.

Dans son excitation et sa fatigue, la foule ne savait même plus où était la porte. Ils la cherchaient en vain.

Nous avons averti L. :

— Réunis tous les tiens et sortez de la ville.

Il parla à ses gendres qui ne le prirent pas au sérieux et devaient cramer dans la catastrophe.

(Mariées, ses filles ne devaient pas être tellement vierges, à moins qu'il se soit agi de deux mariages blancs. Invraisemblable, malgré l'absence d'enfants.)

Lui-même traînassait. Nous avons dû le prendre par la main, avec sa femme et ses deux filles, et les emmener hors de la ville.

La vallée, sur une grande faille, a toujours subi des tremblements de terre. Celui-ci a mélangé le sel et le soufre qui abondent ici à l'état libre, d'où une violente explosion. De nombreux puits de bitume s'enflammèrent. ClNa + S, projetés incandescents dans les airs, retombèrent sur la ville en pluie de feu.

La femme de L. se retourna et mourut de saisissement. Raide morte. Ne regardez jamais en arrière, pas de passéisme, pas de nostalgie. On ensevelit la pauvre curieuse dans la proche colline de sel.

J'ai dit à L. :

— Sauve-toi jusqu'à la montagne.

Mais le bonhomme s'est mis à discuter :

— La montagne, c'est risqué. Laissez-moi me réfugier dans la petite ville de Ségor.

— Bon, mais dépêche-toi.

Après avoir eu peur d'aller dans la montagne, L. eut peur de rester à Ségor et, avec ses deux orphelines, alla dans la montagne où ils habitèrent une caverne. Là, les deux délurées ont saoulé leur père, commis l'inceste et lui donnèrent des descendants.

*

*   *

Le harnais de mon cheval jetait mille feux et moi je portais un vêtement d'or ou qui paraissait tel. L'animal s'élança sur Héliodore qui voulait piller le trésor du temple.

Deux de mes frères, athlétiques, magnifiquement nippés, encadraient le criminel, le frappant sans relâche. Héliodore tomba par terre et perdit connaissance. On le coucha sur un brancard. Quelques-uns de ses compagnons demandèrent qu'on lui laisse la vie sauve. Accordé, mais l'année suivante Héliodore empoisonna son roi, essaya de monter sur le trône et fut mis à mort.

*

*   *

Le roi Balak envoya au devin Balaam des princes qui lui offrirent une forte récompense s'il maudissait Israël. Balaam refusa, Balak insista. Balaam finit par seller son ânesse et partit avec les messagers du roi. Mon épée nue à la main, je me postai pour l'empêcher d'avancer. L'ânesse me vit, quitta le chemin et alla dans les champs. Balaam la frappa. Je me tins alors dans un sentier entre les vignes, clôturé de chaque côté. L'ânesse pressa contre un des murs le pied de son maître, qui la frappa de nouveau.

Je m'écartai jusqu'à un passage étroit où on ne pouvait se détourner ni à droite ni à gauche. Alors l'ânesse se coucha sous son maître qui, furieux, la frappa à coups redoublés. Elle demanda :

— Pourquoi m'as-tu battue ces trois fois ?

— Tu t'es moquée de moi. Si j'avais une épée dans la main, je te tuerais à l'instant.

— Ne suis-je pas ton ânesse, que tu as toujours montée jusqu'à présent ? Ai-je l'habitude d'agir comme ça avec toi ?

— Non.

Et Balaam se décida enfin à me voir, avec mon épée nue dans la main. Je lui demandai :

— Pourquoi as-tu frappé ton ânesse ces trois fois ? Tu suis un mauvais chemin. Sans ton ânesse, je t'aurais tué.

— Je ne t'avais pas vu. Si tu veux, je tournerai bride.

— Va, mais tu ne diras que ce que je te dirai.

Au lieu de maudire Israël, il le bénit. Bénie aussi soit celle qui, d'instinct, vit plus clair que son intellectuel maître. Elle est promise à une glorieuse descendance.

On attend le messie. Je lui chanterai dans toutes les langues « Que la joie soit toujours avec toi ».

Félicité

— C'est quoi, ton nom de baptême ?
— Félicité.
— C'est vilain.
— Vous trouvez ?
— Pourquoi tu couds ?
— Parce que madame votre mère me l'a demandé.
— Pourquoi tu fais ce qu'elle t'a demandé ?
— Parce qu'elle me paye, elle me donne de l'argent.
— Pourquoi tu veux qu'elle te donne de l'argent ?
— Pour acheter à manger.
— Si elle te donnait plus d'argent, tu pourrais plus acheter à manger ?
— J'ai d'autres clientes.

— Tu aimes coudre ?

— Ça ne me déplaît pas.

— Si tu n'étais pas obligée de coudre, tu ferais quoi ?

— Je retournerais chez ma sœur à Jarnages.

— C'est où, Jarnages ?

— Dans la Creuse.

— C'est où, la Creuse ?

— En France.

— C'est où, la France ?

— Là où vous êtes.

— Même dans la lingerie, même dans la cuisine, même dans la plus petite pièce de la maison, c'est la France ?

— Oui.

— Elle fait quoi, ta sœur ?

— Elle fait tout ce qu'il y a à faire et davantage encore.

— T'es pas mariée ?

— Non.

— Pourquoi ?

— Je n'ai pas trouvé chaussure à mon pied.

— Il est vilain, ton pied.

— Pas plus qu'un autre.

— Il est fourchu.

— Pas du tout. Si j'avais le pied fourchu, il me faudrait des chaussures orthopédiques.

— T'as pas assez d'argent pour t'acheter des chaussures comme ça.

— Elles sont remboursées par la Sécu.

— Tu couds mal.

— Madame votre mère n'est pas de cet avis.

— T'as seulement appris à coudre ?

— J'ai aussi appris à lire, écrire et compter. Dans la cour de récréation, on chantait :

Mam'zelle Félicité
Te v'là fiancée
Mam'zelle Fatalité
Te v'là enterrée.

— T'as pas appris à monter à cheval ?

— Non.

— Moi je vais au Poney-Club. Réponds-moi quand je te parle.

— Vous n'avez pas peur ?

— Peur de quoi ?

— De tomber et de vous fracasser la tête.

— Tu voudrais que je me fracasse la tête ? Oui. Je dirai à maman que tu voudrais que je me fracasse la tête.

— Votre maman ne vous croirait pas.

— Elle me croit toujours. Dans notre famille on ne ment jamais. Et toi, est-ce que tu as une famille ?

— J'ai ma sœur à Jarnages et mes neveux et nièces.

— Ils font quoi, tes neveux et nièces ?

— Si on vous le demande.

— Si on me le demande ?

— Vous direz que vous ne savez pas.

— Personne me le demandera. Tout le monde s'en fiche, de tes neveux et nièces. Tu sais que tu es une sorcière ?

— Les sorcières n'existent pas.

— Si, puisque tu existes.

— Raisonnement de la marmite.

— Je dirai à maman que tu m'as traitée de marmite. Je lui dirai que tu m'as dit : « Marmite sale veut salir. »

— C'est très bien. Puisque vous avez découvert que je suis une sorcière, je vais vous changer en crapaud.

— Tu n'as pas le droit.

— Si, puisque je suis une sorcière.

*
* *

— Maman, la couturière m'a changée en crapaud !

— Qu'est-ce que c'est que cette stupidité ? Tu n'es pas un crapaud.

— Si, elle l'a dit.

— Tu es une petite fille, une vraie petite fille en chair et en os, avec une tête, un corps, des bras et des jambes de petite fille.

— Oui mais en dedans je suis un crapaud.

— Tu es folle ? Je vais aller parler à Mlle Remiremont.

— Non maman, s'il te plaît, y va pas.

— Pourquoi pas ?

— Pour pas lui faire de la peine.

— Il n'est pas question de lui faire de la peine mais si elle essaye de te faire peur, ce n'est pas bien.

— J'ai pas peur.

*
* *

— Mademoiselle Remiremont, est-ce que vous voyez assez clair ?

— Tout à fait, madame, merci.

— Ma petite Clarisse dit que vous l'avez changée en crapaud ! *(Rire.)*

— Les enfants, qu'est-ce que ça ne va pas chercher.

— D'où lui est venue l'idée ?

— Mademoiselle Clarisse a voulu s'amuser.

— Ne vous laissez pas ennuyer par elle.

— Elle ne m'ennuie pas, madame, au contraire, elle me tient compagnie.

*

* *

— Maman m'aimera comme avant, même si je suis un crapaud.

— Certainement.

— Et toi, tu te changes ?

— Oui.

— Tu te changes en quoi ?

— En loup-garou.

— On les a tous tués.

— Pas tous.

— Tu fais quoi, quand tu es loup-garou ?

— Je ne peux pas vous le dire.

— Pourquoi ?

— C'est défendu.

— Défendu par qui ?

— Il ne faut pas prononcer son nom.

— Si tu me fais peur, maman ne te prendra plus, elle l'a dit.

— Jamais je ne voudrais faire peur à une gentille petite fille comme vous.

— Tu es une vraie couturière ?

— Oui, avant j'avais un atelier avec sept ouvrières.

— Elles s'appelaient comment ?

— Marie, Ophélie, Marguerite, Cloto, Fatima, Ruth et Mouchette.

— À part Marguerite et Marie, c'est pas des vrais noms.

— C'était leurs noms.

— Tes sept avaient des faux noms parce que t'es fausse.

— Faux crocodile, vrai serpent. Le faux de quelque chose, c'est le vrai d'autre chose.

— Tu cousais quoi ?

— Des robes de mariées, des robes de deuil, des vêtements de cérémonie.

— Tu couds plus que des vêtements ordinaires.

— Oui, pour des personnes ordinaires.

— Tu l'as plus, ton atelier ?

— Non, je travaille en journées.

— Pourquoi tu l'as plus, ton atelier ?

— Fatima et Ruth n'étaient pas déclarées.

— Qu'est-ce que ça veut dire ?

— Elles ont franchi les frontières avec un passeur.

— Je comprends rien à ce que tu racontes, c'est des bêtises. Quand tu es loup-garou, tu couds pas ?

— Non.

— Après tu es plus loup-garou et tu couds ?

— Oui.

— C'est beau, un loup-garou ?

— C'est pas mal.

— Tu es plus jolie en loup-garou que en personne ?

— Je ne sais pas. Vous me faites perdre mon temps, mon travail n'avance pas.

*

* *

— Clarisse, je te défends d'aller dans la lingerie quand Mlle Remiremont y est.
— Oh maman, pourquoi ?
— Parce que je ne veux pas, voilà pourquoi.
— On fait rien de mal.
— Bien sûr mais tu as mieux à faire.
— C'est pas une sorcière, Mlle Remiremont.
— Il ne manquerait plus que ça, qui parle de sorcière ?
— Tout le monde.
— Tout le monde ? Qui, tout le monde ?
— Les gens, ils disent tous que Mlle Remiremont est pas une sorcière.
— En voilà assez, Clarisse. Tu ferais mieux de ranger tes jouets. Pourquoi est-ce que tu as pendu ta poupée à la poignée de la fenêtre ?
— Elle est méchante. Tu m'aimes pas moins parce que je suis un crapaud ?
— Clarisse, demain nous irons chez le médecin.
— C'est pas la peine, ya que Félicité qui peut s'occuper de moi.
— Félicité, qui ça Félicité ?
— C'est Mlle Remiremont.
— Tu lui as demandé son prénom ?

— Non, elle me l'a donné comme ça.

— Mais pourquoi ?

— C'est joli Félicité, ça veut dire le bonheur.

*

* *

— Vous avez engagé cette femme sans vous informer de ses tenants et aboutissants et maintenant vous vous inquiétez, bien à tort d'ailleurs.

— Clarisse se croit ensorcelée par elle.

— Flanquez-lui une bonne fessée, ça l'exorcisera.

— Elle est couverte de pustules.

— Couverte, vous exagérez. C'est la méchanceté qui s'en va. Le docteur dit que ce n'est rien.

— Elle croit qu'elle a un crapaud dans le corps.

— Eh bien, flanquez Remiremont à la porte et qu'on n'en parle plus.

— Aimez-vous votre fille ?

— La sentimentalité vous perdra.

*
*   *

— Mlle Remiremont, je suis désolée mais je ne vais plus pouvoir vous prendre, nous avons des embarras d'argent.

— Je comprends très bien, madame. Et ne vous affligez pas trop pour Mlle Clarisse. Tant qu'il y a de la vie, ya de l'espoir.

Aurore

— Moi j'aime pas les morts.

— C'est pas de leur faute.

— Si, c'est de leur faute. Ils avaient qu'à faire attention.

— Attention à quoi ?

— En traversant.

— Ya pas que ceux qui traversent qui sont morts.

— La voiture et puis le sida, c'est de leur faute.

— C'est pas de leur faute le sida.

— Si, deux garçons ensemble, ils attrapent le sida.

— Pas s'ils mettent un préservatif.

— Moi j'aime bien quand on est pas mort.

— Ça dépend, dans les guerres il faut que les autres soient morts.

— Les autres, gaffe si c'est nous.

— Ma petite sœur, c'est encore plus que moi.

— Elle gueule pas ?

— Si, mais j'aime bien.

— T'aimes bien quand elle gueule ?

— Oui, ça montre qu'elle est pas étouffée.

— Pourquoi vous l'avez appelée Aurore ? Ça fait con.

— Ça fait con pour les cons. Les pas cons, ils voient que c'est super.

— En Chine, les filles, ils les noient.

— Ils sont forcés mais nous on est pas forcés. Aurore je pourrais la tuer mais je veux pas. Au contraire.

— T'aimes autant les filles que les gars ?

— Il leur manque juste le zizi, autrement elles ont tout comme nous. Maman dit que les filles, c'est plus mignon à habiller.

— Si t'as pas de sous, c'est pas mignon.

— Moi je gagnerai des sous pour Aurore.

— Tu feras quoi ?

— Je toucherai le chômage et puis je travaillerai au noir.

— Moi je serai pompier pour allumer des feux.

— Ils allument pas, ils éteignent.

— Pour éteindre, il faut d'abord allumer.

— C'est pas les mêmes qui z'allument et qui z'éteignent. Si t'allumes, tu vas en prison.

— Ils vous attrapent jamais.

— Toi, t'as que des grands frères.

— Moi, les chiards, j'aime pas.

— T'aimes pas les chiards, t'aimes pas les morts, t'aimes qui alors ?

— Pas besoin d'aimer. T'es con, tu sais.

— Tu peux toujours courir pour que je te prête mon vélo.

— J'en veux pas de ton veau. Morsaglia, c'est pas un nom français.

— C'est corse, c'est plus français que français, c'est Napoléon.

— Napoléon il nous a foutus dans la merde.

— C'est pas vrai, c'est Hitler.

— Nous on veut rester entre nous.

— Entre tes frangins pourris et ta mère m

— Tu m'as cassé le nez !

— Je voulais pas te faire mal. Il est pas cassé. Tâte, tu verras.

— Je saigne.

— C'est juste un peu de sang que t'avais en trop. Je te donnerai ma boussole.
— C'est vrai ? Je la donnerai à Aurore quand elle sera grande.

Zulma et Zoé

Ma mère, l'affreuse Zulma, est un monstre. Elle me déteste, moi qui suis si gentille, si jolie et si intelligente. Il faut tuer maman.

Ma maison et mon pré sont squattés par une hideuse créature, l'ignoble Zoé qui se prétend ma fille alors que, comme chacun sait, je suis virgo intacta. Je la chasse mais elle revient sans vergogne.

Mère m'empêche de sortir, de rentrer, de manger, de dormir. C'est drôle que cette sorcière ait réussi à me trouver un géniteur, magnifique à en juger par mon aspect. Mère est une roulure, forniquant même avec les individus les plus tarés, les appelant à grands cris et les frappant comme une brute dès qu'ils arrivent. Ses victimes se laissent faire, pauvres lopes, du moment qu'ils peuvent la sauter.

Mes idylles sont d'un autre style, très classe, mes partenaires triés sur le volet. Extraordinaire que je sois sortie de cette bête.

Comment la gardienne peut-elle tolérer une telle pécore ? Une pierre au cou et le puits, voilà ce qu'il lui faut.

Maman pue, moi je sens bon. Maman est noiraude avec des yeux jaune démon, moi je suis blanche comme le bon lait avec des yeux verts comme l'herbe.

Elle n'a qu'à aller voler chez les voisins, cette voleuse, au lieu de prendre ce qui m'est dû.

Ma protectrice dit qu'autrefois, quand j'étais toute petite, maman m'aimait, me dorlotait et qu'elle m'a nourrie de son lait. Pouah ! Comment ai-je pu devenir la merveille que je suis malgré le venin de la scorpionne ? Non, je le sens bien, j'ai été élevée au sang de rossignol, d'où ma voix musicale, et au caprice des dieux.

Bien que n'ayant jamais convolé, j'avais donné le jour à une exquise petite créature aux yeux d'azur, délicieusement ébouriffée. Elle était tout pour moi comme j'étais tout pour elle. Je ne la quittais, dans notre douce alcôve, que pour aller me restaurer, consommer des produits de première qualité et ainsi offrir à mon amour un breuvage riche et délectable.

Un jour on l'a volée et remplacée par l'atroce laideron à qui on a osé donner le nom de Zoé, celui que portait mon enfant chérie. Ça doit être cette fausse Zoé qui a tué la vraie, usurpé son identité. Tout le monde est tombé dans le panneau.

Mère est si conne qu'une voiture roulant dans le sentier, au lieu de se garer à droite ou à gauche, elle a couru droit devant elle comme une folle qu'elle est. Les avions à réaction lui font peur. Vraiment anormale. Dénaturée, essaye de me lancer des gifles. Je voudrais, je devrais les lui rendre mais je suis trop menue, trop fine. Maman est un mastodonte. Se refait une beauté trente-six fois par jour, chouchoutant sa tignasse noire qui n'en finit plus. Moi je suis nette, moderne. En un rien de temps, me voici un modèle d'élégance.

Est-ce le ramollissement dû à l'âge ? Maman

a cessé de me maudire et de m'agresser. Ce matin elle a flairé mon anus et visiblement mon parfum lui a plu, éveillant peut-être de tendres souvenirs. Un moment plus tard elle a posé son nez sur mon nez, je dois dire que ce geste si affectueux m'est allé droit au cœur. Aux repas, maman s'écarte pour me laisser les meilleurs morceaux. Nous allons vers une coexistence pacifique et mieux encore. J'ai plaisir à contempler ma mère, la si belle Zulma, avec sa fourrure angora et sa queue touffue.

On pourra chasser de concert et se partager le butin. Elle, plus patiente, fera le guet. Moi, plus prompte, je bondirai sur les proies qui nous sont destinées.

À Zulma et Zoé mulots et moineaux. Triomphante, je rangerai nuitamment un de ces trophées dans la babouche de notre gardienne, qui mérite cet hommage.

Njördhr

Je suis censé être un nain de jardin, mon plus récent avatar. Nous sommes un nain de jardin : le pluriel de majesté convient à ma personnalité réelle. Nous nous appelons Njördhr, prénom qui indique mes origines scandinaves, tout comme l'aiguille aimantée indique le nord magnétique. Pas de nom de famille, je suis à moi-même mon innombrable famille. J'obéis au précepte « Croissez et multipliez », non par engendrement ou scissiparité mais réduplication. Mille fois moi et nous en un. Je-nous.

Qu'on ne se fie pas à mon apparence triviale et conventionnelle, à mon incarnation plâtreuse.

Les bonnes gens qui m'ont acheté (acheté ! moi qui suis sans prix) pour orner leur jardinet, comme si je n'étais qu'un plus et non l'essentiel, s'imaginent avoir fait une emplette anodine. Ils ne se doutent pas qu'ils ont installé sur leur territoire un chaman et un troll. Le vulgaire croit que nous cherchions sous terre des trésors matériels, que nous avons toujours méprisés. Notre quête fut initiatique, nous creusions la réalité pour atteindre la vérité.

Dans mon accoutrement on peut, avec un peu d'attention, percevoir un sens. Mon couvre-chef, couvre-intelligence rouge et pointu, est une évocation phallique comme le capuchon du Bonhomme Noël, cet autre incompris. Individu Noël qu'on retrouve sur les bûches du même nom, armé de la hache du bûcheron, en vérité du bourreau. On dit avec justesse « rouge sang ».

Il est remarquable que mon confrère distributeur de jouets aux enfants — ce qui l'a fait soupçonner de pédérastie — soit parfois accompagné du Père Fouettard, son double, son contraire et son complément, son alter ego inversé, son ombre, tout comme le Dieu des Hébreux, quand il s'agit de fixer le sort de Job, discute en camarade avec le démon. D'ailleurs la prière adressée à Dieu par les chrétiens, « Ne nous induis pas en tentation », révèle une ambivalence. Les gens disent indifféremment : « Il ne faut pas tenter Dieu », et : « Il ne faut pas tenter le diable ».

Notre panthéon est supérieur. Nos dieux luttent sans compromission contre les géants, les démons et le serpent Jörmundgand, qui a seulement fait peau neuve pour devenir celui de l'Eden.

Mes vêtements sont des tatouages, je n'ai jamais cessé d'être nu, ayant connu sans déplaisir les grandes glaciations (et l'apparition de l'homme) aussi bien que les périodes caniculaires.

Les gens comprennent mais ne comprennent pas qu'ils ont compris. C'est en toute innocence qu'ils m'affublent de bottes cuissardes, emblème de domination virile, et d'une ceinture de cuir qui, faux, n'en est pas moins signe de voluptueux châtiment. Mon noble cul est pantalonné serré de vives couleurs, le bleu du ciel, le vert de la végétation ou le jaune du soleil et des étoiles.

Les vieux époux Plantain, Henriette et Lucien, m'ont installé sous leur pommier à titre d'anti-épouvantail.

Henriette : Un vrai guignol. Ça fait du bien de rigoler un peu. Tout le monde peut pas se payer Notre-Dame-de-Lourdes.

Lucien : Brave petit père, il amusera les enfants.

Les enfants ne viennent pas souvent, litote en usage dans le pays pour dire « jamais », et les Plantain disent parfois avec mélancolie : « Ils ont oublié qu'ils avaient des parents. »

Mon rôle est spermatique, je jette en ces deux âmes et toutes celles qui m'approchent — sans qu'elles s'en doutent, les sottes — la semence de la sagesse. Grâce à moi, Lucien cesse de maudire son oublieuse progéniture :

— Après tout, ils font comme ils veulent, ils sont libres.

Et Henriette :

— On est bien plus tranquilles comme ça. On a nous, c'est une compagnie qui ne fait jamais défaut.

Le voisin d'en face :

— On se couche plus intelligent qu'on ne s'est levé.

La voisine d'à côté :

— Si tu cours après l'esprit, tu attrapes la sottise mais si tu cherches ton chemin, tu trouves ton dû.

Lucien et Henriette se sont éteints à quelques jours d'intervalle.

La troupe des descendants arrive en trombe, verse quelques larmes du coin de l'œil, se jette dans les bras les uns des autres, se dispute l'héritage, se tient les côtes en me découvrant :

— Pauvres papa maman, pour le bon goût il fallait repasser.

— La beauté, pour eux, c'était un nain de jardin !

— Les paysans ont horreur de la nature, il faut qu'ils l'occultent.

— Qu'est-ce qu'on va faire de ce poussah ?

— Le donner.

— Ce serait vache.

— Le vendre ?

— Un nain d'occasion ? Tu n'y penses pas.

— Le brûler ? Un autodafé.

— Il ne prendra pas, on sera empestés et puis ça risque de mettre le feu à la haie.

— J'ai une idée. On va l'enterrer, ça sera poilant.

C'est avec sérénité que je vis ces jeunes creuser ma tombe à coups de bêche et de pioche.

Avec sérénité je les laissai me coucher dans ce lit de terre fraîche, me couvrir gaiement des mottes qu'ils venaient d'extraire à mon intention, en chantant une parodie de requiem.

Ma forme se désagrégera (tant mieux), mon essence demeure.

Étienne

— Étienne, t'es pas un bon bourreau, t'aurais dû te faire employé de bureau.

— C'est faux, je suis plein de zèle, j'ai des ailes quand je cours à l'échafaud.

— Bourreau, tu ne connais pas ton boulot. Tu commets de graves erreurs, d'y penser on frissonne de peur. Tu exécutas le condamné gracié qui avait tant remercié la Cour de sa pitié et Dieu de sa bonté.

— Je t'adore, mon acolyte, mon petit Hippolyte. On serait mieux dans une barque qui glisse que sur ces sales bois de justice.

Le bourreau est bon bougre, il ne te mangera pas, c'est pas un ogre.

— Appelle-moi papa, dit Monsieur de. Tu n'en mourras pas.

— Tu caresses beaucoup trop les jeunes enfants, les saints innocents, dit le juge. On te paye pour répandre le sang. Occupe-toi de ton billot, occupe-toi de l'échafaud ou tu seras destitué, tu seras mis à pied et qui voudra t'embaucher ?

Le bourreau se confesse, va-t'à la messe, mange le pain des anges. Il n'aime pas faire souffrir, n'aime pas voir mourir. Il aime rire.

— Je bande quand je pense à la bande à Bonnot, dit le bourreau.

— Approche le berceau, dit la bourrelle.

— Quand je pense à la bande à Baader, je cesse d'être débonnaire.

— Pèle les pommes de terre.

— Mes clients ne reviennent jamais car décapités. J'en suis dépité.

— T'es l'exécuteur des hautes œuvres.

— C'est pas des bonnes œuvres.

— Il faut ce qu'il faut.

— J'ai pas le moral.

— Balance la morale.

— J'ai fait une bourde en embrassant une profession sans promotion.

— Passe-moi un oignon.

— J'ai raté ma vie.

— C'est pas mon avis.

— Je suis un homme fini.

— Tu fais couiner le petit.

— J'en ai assez de les couper.

— Il n'y a pas de sot métier.

— Je veux changer de gagne-pain.

— T'es bon à rien.

— Bourreau c'est pas agréable, c'est pas avouable, c'est pas convenable, c'est regrettable, c'est abominable.

— Tu nous casses les pieds. Songe à la prime de panier.

Madame Rose prédit le futur à vue de nez dans le marc de café.

— Maman, révèle-moi mon avenir.

— Mon Étienne, très bientôt tu vas périr.

— Maman, maman, tu te mets le doigt dans l'œil en voyant le deuil.

— Je ne me trompe jamais. Il faut se résigner.

Le bourreau fut jeté à l'eau par quatre salauds :

— Un bon bain pour notre copain.

La voyante commanda un riche tombeau plus que beau. On se réunit au bord de l'estuaire, dans l'enceinte portuaire, avec la musique régimentaire et les prières régulières. Pas un seul zèbre qui ne voulut suivre le cortège funèbre.

Le bourreau goûte enfin le repos en attendant Hippolyte près du Très-Haut. Viens vite, mon agneau. Et à la tienne, Étienne.

Javotte et Maximilien

La nabote Javotte sanglote. Bernique dans la hotte. Elle trotte par mottes et crottes jusqu'à la grotte de la Hulotte :

— Maman, j'ai faim.

— On n'a besoin de rien quand on est lilliputien. Suce un brin, mâche un grain.

— Maman, je voudrais mourir.

— Tu mens comme tu respires.

La Hulotte promit sa naine au nain Maximilien. Dis non au nain, dis non à ta mère de misère. Sauve-toi loin du nain, répètent les potes de la nabote.

— Mais, dit Maximilien, j'aurais pu grandir. Ma croissance fut arrêtée par les mauvais traitements, les mauvais parents. Enfant, j'étais grand. J'ai vécu dans les tourments, j'ai subi des coups sanglants.

— Mauvais parti, disent les amis de la mini.

— Je gagne bien au cirque Rintintin, à cheval sur un chien. Vous serez clownesse avec une ânesse. À bon nain, naine bonne.

— Et le sentiment ?

— Mon amour est géant. Vous êtes mon orient et mon occident.

— Je suis un accident.

— Vous êtes mon pain et mon vin, ma veille et mon sommeil, mon espérance et ma délivrance.

— La veuve noire m'emmaillota, m'abreuva du lait de vaches folles, me nourrit du miel d'abeilles tueuses. Poire d'angoisse et farine de recoupe.

— Je vous donnerai des sous, des bijoux, tout.

Le père Faustin maria le nain et la naine. L'épousée portait une robe de première communion pour célébrer cette union. Sois affable comme Rachel, sage comme Rébecca, fidèle comme Sara.

Au repas de noces on chanta obscénités et cantiques, scies et blues. Le couple fixa le menu au mur de sa chambrette, sous une affiche des *Enfants du paradis* :

Jésus de Lyon
Salade Pastourelle

Filets mignons de sanglier
Cœurs sautés
Roi-pince

Laitues de la mère Marie

Chaource
Bouton de culotte
Saint-Nectaire

Palets de dame
Anneaux de Saturne
Étoile du Nord

Entre-deux-mers
Nuits
Lacryma Christi

Prénoms

Le nouveau-né longtemps désiré fut nommé Dieudonné.

Le bel adolescent gagne beaucoup d'argent en dressant des éléphants dans un costume scintillant. Il aide ses parents mal portants, impotents, ignorants. Maximilien ne fait rien, il est bien. Javotte tricote, chuchote, marmotte, radote Dieudonné mon bien-aimé, Dieu mon adoré.

Yvonne

La mauvaise bonne Yvonne hait sa patronne, in petto la traite de conne. Déraisonne quand on la sonne. On m'assomme, suis pas une bête de somme. Je lisais la Somme de saint Thomas.

— Servez les tomates.

— Les tomes en hâte j'ai feuilleté.

— Donnez la tomme et le feuilleté.

— Quand j'aurai fini mon sonnet.

— Je n'arrête pas de vous sonner. Surveillez le soufflé.

— L'esprit me souffle églogues et arias.

— Faites les grogs. Que d'arias ! Apportez le café.

— Vos injonctions sont des méfaits.

— Emmenez les enfants, il est grand temps.

— Il n'est plus temps, ils sont à Satan.

— Maman, on est en enfer avec mon petit frère.

— Papa, ma sœur n'a pas de cœur, elle me fait peur.

— Yvonne Desfourneaux, mettez au lit monsieur Gontran et mademoiselle Athalie.

Mais la bonne abominable abandonne les bébés qu'elle abhorre pour chercher un divin trésor.

— Je vous renvoie.

— J'ai trouvé ma voie, parcourir l'univers en faisant des vers.

— Vous crèverez de faim dans un ravin.

— Ça ne fait rien, tout est bien.

Salomé

— Quel beau plat d'argent !
— C'est un cadeau de maman.
— Pour ton anniversaire ?
— Pour celui de mon beau-père.
— C'est étrange.
— J'avais dansé comme un ange. Hérode fit serment de me donner ce que je voudrais.

— Mère, que demander ?
— La tête du prophète.

— Hérode souffrit, il aimait son ennemi mais il avait promis.
— Et tu... ?

— Je suis une fille obéissante et aimante.
— Criminelle et démente.

— Le plat d'argent, je l'ai trouvé.
— Où, Salomé ?
— Dans un magasin d'antiquités.
— Combien l'as-tu payé ?
— Le marchand me l'a donné.
— En quel honneur ?
— Pour calmer ma douleur. Iokanahan, Iokanahan, je n'étais qu'une enfant.
— Que fais-tu de ce plat d'argent ?
— Je me regarde dedans.
— Et tu vois un visage ravissant.
— Non, la bouche de Iokanahan qui insulte maman.
— Hérode prit ta mère à ton père.
— Le plat d'argent, je l'ai astiqué avec mes cheveux, il brille de mille feux.
— Tu veux l'exposer au musée ?
— Non, le donner, m'en délivrer. J'ai peur que le baptiste ressuscite.

TABLE

Achevé d'imprimer en mars 1996
sur presse CAMERON
dans les ateliers
de Bussière Camedan Imprimeries
à Saint-Amand-Montrond (Cher)
pour le compte des Éditions Grasset
61, rue des Saints-Pères, 75006 Paris

N° d'édition : 9993. N° d'impression : 187-1/67.
Dépôt légal : avril 1996.

Imprimé en France
ISBN : 2-246-52151-3.